Eckart zur Nieden

Rebekkas Tagebuch

Eckart zur Nieden

Rebekkas Tagebuch

Roman

Brendow
Verlag | Alles, was Sinn macht!

Für Edeltraud

Bibliografische Information der Deutschen Nationalbibliothek
Die Deutsche Nationalbibliothek verzeichnet diese Publikation in der Deutschen Nationalbibliografie; detaillierte bibliografische Daten sind im Internet über http://dnb.d-nb.de abrufbar.

2. Auflage 2015
ISBN 978-3-86506-677-0

Einbandgestaltung: Brendow Verlag, Moers
Titelfotos: fotolia
Satz: Brendow Web & Print, Moers
Druck und Bindung: CPI – Clausen & Bosse, Leck
Printed in Germany

www.brendow-verlag.de

1

Es war Montag, der 22. Juni des Jahres 1992, einen Tag nach Sommeranfang, sechs Uhr fünfzig.

Paul stellte fest, dass er noch zehn Minuten warten musste, ehe er mit der Maschine arbeiten konnte. Seine Werkstatt in dem alten Bauernhof lag mitten im Dorf, und um Ärger zu vermeiden, wollte er nicht vor sieben Uhr Lärm machen.

Paul war nicht sehr groß, aber kräftig, mit breiten Schultern. Er hatte unter dem kurzen dunkelblonden Haar, das er meistens unter einer altmodischen Baskenmütze verbarg, ein freundliches, rundes Gesicht und besaß die Gewohnheit, jeden, mit dem er sprach, aus seinen braunen Augen fest anzusehen.

Um die Zeit zu nutzen, verließ er seine Bildhauerwerkstatt im alten Kuhstall durch das Tor, das er in die Außenmauer gebrochen hatte, und ging nebenan durch das alte Tor zur Tenne.

Dort stand der Oldtimer seines Großvaters. Damit der durch den Staub aus der Werkstatt nicht Schaden nahm, hatte Paul zwischen Tenne und altem Kuhstall, der nun sein Arbeitsplatz war, eine Mauer hochgezogen.

Von der Tenne aus stieg er die Leiter hinauf und befand sich nun über seiner Werkstatt. Auf dem früheren Heuboden gab es natürlich kein Heu mehr. Paul wollte sich die Konstruktion des Bretterbodens genau ansehen. War es ohne großen Aufwand möglich, die Balken und die darauf liegenden Bohlen zu entfernen? Dann hätte er unten mehr Platz. Dann könnte er Arbeiten an größeren Blöcken, die er bisher im Hof durchführen musste, zukünftig in die Werkstatt verlegen – ein Vorteil bei Kälte und Regen.

Natürlich würde er erst seinen Großvater fragen müssen, dem

der Hof mit all seinen Gebäuden offiziell noch gehörte. Aber das war nur eine Formsache. Der hatte sicher nichts dagegen.

Auf dem Boden war zwar kein Heu, aber Teile von Gipskartonplatten lagen in einer Ecke, in einer anderen ein Stapel Dachziegel, sogenannte Frankfurter Pfannen, die wohl beim Erneuern irgendeines Daches übrig geblieben waren. Auch eine Rolle Teerpappe lag da und mehrere alte landwirtschaftliche Geräte, deren Funktion Paul nicht kannte.

Sein Urgroßvater Ludwig Born hatte noch bis in die frühen fünfziger Jahre Landwirtschaft betrieben. Wenn der wüsste, wie fremd mir das ist, dachte Paul, würde er sich wahrscheinlich im Grab rumdrehen.

Wie waren die Bohlen an der Seite befestigt? Paul ließ sich auf die Knie nieder in eine dicke Schicht Staub, die ihn aber nicht störte, da er ohnehin schon seine schmutzige Arbeitskleidung anhatte. Er kroch mühsam unter die Dachschräge. Kein Problem!, stellte er fest. Die Bretter waren nur auf einem Balken festgenagelt.

In der hinteren Ecke waren ein paar rote Ziegelsteine aufgestapelt. Als Paul sie zur Seite räumte, um die Konstruktion des Bretterbodens in der Ecke zu begutachten, bemerkte er hinter den letzten Steinen einen rechteckigen Gegenstand, der mit einem schmutzigen Tuch umwickelt war. Er zog das Ding zu sich heran und kroch rückwärts unter der Dachschräge hervor, um sich bequemer hinsetzen zu können.

Der Stapel Gipskartonplatten diente ihm als Sitz. Er untersuchte seinen Fund. Als er das Tuch aufgeschlagen hatte, kam ein Buch zum Vorschein.

Genau genommen war es kein ordentlich gebundenes Buch. Jemand hatte einen fingerdicken Stapel von Blättern provisorisch mit Hilfe eines Bindfadens, der durch mehrere Löcher führte, zusammengeheftet.

Vorn auf dem ersten Blatt stand in handgeschriebenen Blockbuchstaben: Tagebuch. Und darunter: Rebekka Schimmel.

Das sagte Paul nichts. Von einer Rebekka Schimmel hatte er nie etwas gehört.

Paul blätterte und war enttäuscht. Jemand, wahrscheinlich diese Frau Schimmel, hatte mit Bleistift in deutscher Schrift geschrieben. Das konnte er nicht lesen. Stellenweise waren die Buchstaben ziemlich verblasst, aber noch zu erkennen.

Paul stemmte sich hoch. Es war vier Minuten nach sieben. Er konnte also loslegen. Er warf noch einen letzten Blick auf die Arbeit, die ihn bald hier oben erwarten würde, klemmte seinen Fund unter den Arm und stieg die Leiter hinab.

In seiner Werkstatt angekommen, legte er das Buch irgendwo ab und vergaß es. Er setzte Schutzbrille und Ohrschützer auf und machte sich mit dem durch Druckluft betriebenen Meißel ans Werk.

Wenig später ging das Licht mehrmals an und aus. Das machte seine Frau Stefanie immer, wenn sie in die Werkstatt kam und Paul mit einem lauten Gerät arbeitete. So musste sie ihn nicht mit einem Tippen auf die Schulter erschrecken.

Paul schaltete sein Werkzeug aus und setzte Brille und Ohrschützer ab.

„In zehn Minuten kannst du zum Frühstück kommen“, sagte sie. Stefanie war zwar schon zivilisiert angezogen mit Jeans und T-Shirt, hatte aber ihre rotbraunen Haare noch nicht zum Pferdeschwanz gebunden. „Ich habe Leoni zum Bäcker geschickt. Sie holt Brötchen. Zur Feier des Wochenanfangs.“

„Und des Sommeranfangs. Der war gestern.“

„Also noch ein Grund.“

„Du schickst sie alleine zum Einkaufen?“

„Na, hör mal! Sie ist fünf! Und der Bäcker ist gerade mal sechs- oder siebenhundert Meter entfernt!“

Paul nickte und klopfte den Steinstaub von seiner Arbeitskleidung.

„Was soll das werden?“, fragte Stefanie und deutete auf den Grabstein.

Paul grinste breit und zeigte seine gesunden Zähne. „Die Leute wollten unbedingt einen Engel. Ich habe gesagt: Engel auf einem Grabstein, das hat man im neunzehnten Jahrhundert gemacht. Ist heute total überholt. Kitsch! Ich hab es ein bisschen vorsichtiger ausgedrückt. Aber sie ließen sich nicht davon abbringen.“

„Der Kunde ist König. Vergraule deine Kunden nicht, wir brauchen das Geld!“

„Der Kunde ist König, aber der Künstler ist kein Sklave.“

„Außerdem sind Engel wieder im Kommen, hab ich gelesen.“

„Ich mache jetzt etwas, das man auch als Engel deuten kann, wenn man will.“

Sie traten gemeinsam aus der Werkstatt.

Der Hof war, wie Paul gern sagte, wie ein Schloss angelegt. Eine dreiflügelige Anordnung der Gebäude. Hinten, wo bei Schlössern das Hauptgebäude steht, erhob sich der ehemalige Kuhstall mit Scheune, wo er jetzt seine Werkstatt hatte. Das Gebäude, von der Straße aus gesehen rechts, in dem einmal der Schweinestall und ein Geräteschuppen gewesen waren, hatte das junge Ehepaar Born sich als Wohnung ausgebaut. Gegenüber, in einem gut erhaltenen Fachwerkbau auf einem Fundament aus mächtigen Sandsteinquadern, wohnten oben Pauls Mutter Thea und unten sein vierundachtzigjähriger Großvater Harald Born.

„My home is my castle“, sagte Paul gern, obwohl es rein juristisch gesehen nicht sein Heim war, sondern immer noch Großvater gehörte. Und nach Schloss sah der Hof auch höchstens wegen der Anordnung der Gebäude aus, vielleicht noch wegen des „Turms“ links hinten, dem inzwischen nicht mehr genutzten Silo. Aber von einem einheitlichen Stil konnte keine Rede sein, eigentlich konnte von Stil überhaupt keine Rede sein, und das Alter hatte seine Spuren hinterlassen. Überall bröckelte der Putz, Balken, Fensterrahmen und Türen schrien nach einem neuen Anstrich, und das Hofpflaster war im Lauf der Jahrzehnte mit unterschiedlichsten Materialien notdürftig geflickt worden.

Während Paul seine Baskenmütze absetzte und sich die Hände und die sehnigen Unterarme wusch, kam Leoni herein.

„Hast du Brötchen geholt? Toll, was du schon alles kannst!", lobte ihr Vater.

„Papa!" Leoni klang entrüstet. „Ich bin schon groß!" Sie legte die Gebäcktüte auf den Tisch. „Und das hier hat mir ein Mann gegeben. Für dich." Sie hielt ihrem Vater einen dicken Umschlag aus festem Karton hin.

„Für mich?" Er trocknete sich fertig ab und nahm den Umschlag. Tatsächlich! „Herrn Paul Born" stand darauf. Das Ehepaar sah sich erstaunt an. Dann nahm Paul ein Küchenmesser und schlitzte eine Seite auf.

Im ersten Moment hielt er es für einen Scherz. Aber es war keiner. Was er in der Hand hielt, war ein dickes Bündel von 100-Mark-Scheinen. Wieder sah er Stefanie an, als müsse sie ihm bestätigen, dass er nicht träumte.

„Da ist noch ein Zettel", sagte seine Frau. Ihre Stimme klang etwas belegt.

Paul zog ein kleines Blatt heraus und las, was mit Computerdrucker darauf geschrieben stand:

Lieber Herr Born, ein Bericht in unserer Zeitung stellte Ihre künstlerische Arbeit vor. Das erinnerte mich an Ihre Familie, der ich seit langem zu Dank verpflichtet bin. Vielleicht kann ich von dieser Dankesschuld mit dem beiliegenden Geld etwas abtragen. Ob Sie damit den in dem Zeitungsbericht erwähnten „Unimog mit Kran" erwerben oder Ihre Werkstatt vergrößern, bleibt Ihnen überlassen. Falls das Ihr Gewissen beruhigt: Für mich ist diese Summe kein großes Opfer. Ein Freund.

„Ich werd verrückt!", stammelte Paul.

Stefanie murmelte: „Aber vorher zähle es noch!"

Das tat er. Es dauerte eine ganze Weile, denn er wollte es trotz der zitternden Finger gründlich tun.

„250. Also 25.000 D-Mark."

„Wahnsinn!", meinte Stefanie, als wäre die Bemerkung ihres Mannes, dass er verrückt werde, schon Tatsache. „Wer schenkt uns 25.000 D-Mark?"

„Einfach so!"

„Vielleicht ... nicht einfach so." Sie sah ihn nachdenklich an. „Denkst du das Gleiche wie ich?"

Paul nickte. „Wahrscheinlich." Er blätterte überlegend durch das Bündel mit den Geldscheinen.

Leoni sagte: „Das ist viel Geld, stimmt's? Können wir damit ein Pony kaufen?"

„Nein", antwortete ihre Mutter. „Du hast es doch gehört – das ist für Papas Arbeit bestimmt. Übrigens – hat die Katze schon ihre Milch? Schau doch mal nach! Und wenn du zurückkommst, können wir frühstücken."

Als Leonie das Zimmer verlassen hatte, murmelte Paul: „Mein unbekannter Vater! Es kann gar nicht anders sein!"

„Den deine Mutter uns nicht verraten will. Angeblich soll er ja gar nicht mehr leben. Aber offenbar lebt er doch und ist nun an sein Liebesabenteuer von vor sechsundzwanzig Jahren erinnert worden. Und das schlechte Gewissen, weil er damals deine Mutter verlassen hat, plagt ihn jetzt. Und weil er genug Geld hat ..."

„Anscheinend wohnt er nicht weit entfernt. Es war ja keine überregionale Zeitung, in der der Artikel über mich stand. Vielleicht hat er auch unsere Familiengeschichte verfolgt."

Stefanie nickte.

„Ein merkwürdiger Gedanke!", murmelte Paul.

„Aber nicht unangenehm! Grüble nicht weiter, freu dich und kauf dir den Unimog. Damit du nicht immer ein Fahrzeug leihen musst, um deine Steine zu holen und deine Kunstwerke auszuliefern."

„Ich kann mich noch nicht einmal bedanken."

„Warum auch? Nimm es einfach als Erbe, das dir zusteht!"

„Falls dieser Wohltäter mein Vater ist. Denn das steht ja nicht fest."

Stefanie beobachtete, dass ihr Mann nach diesem Satz den Atem anhielt und starr durch sie hindurchzublicken schien.

„Was ist?"

„Mir fällt da etwas ein. Ich habe heute Morgen auf dem alten Heuboden über der Werkstatt ein Tagebuch gefunden. Alt. In deutscher Schrift. Ich konnte es nicht lesen. Vielleicht besteht da ein Zusammenhang."

Leoni kam herein. „Muschi hatte schon ihre Milch."

„Dann frühstücken wir jetzt!", beschloss Stefanie. „Nach dem Tagebuch sehen wir später. Ich muss nämlich um halb neun an meiner Arbeit sein. Wenn es Sütterlin ist, kann ich es wahrscheinlich lesen. Meine Oma hat noch so geschrieben. Kommt an den Tisch!"

2

Paul Born und seine Frau saßen am Tisch im Wohnzimmer. Stefanie hatte das Tagebuch vor sich liegen und schaute es zunächst schweigend an. Sie musste sich erst an das Schriftbild gewöhnen. Dann fing sie an, langsam und stockend vorzulesen.

3. Juni 1941

Viele Mädchen schreiben ja mit Begeisterung Tagebücher. Ich konnte mich in meiner Jugend nie damit anfreunden. Aber nun bin ich erwachsen, und wenn ich jetzt doch damit anfange, so hat das einen anderen Grund.

Die Ereignisse überstürzen sich. Es gibt vieles, was festgehalten werden muss. Vielleicht werde ich später einmal, wenn die Krise durchgestanden ist, mir anhand dieser Notizen wieder alles in Erinnerung rufen. Ich werde dann desto dankbarer sein, je mehr Gefahren und Notlagen hier stehen, die überstanden sind.

Vielleicht wird ein anderer dies alles lesen, wenn ich nicht mehr lebe. Es ist ein tröstlicher Gedanke für mich, dass mit meinem Leben nicht auch meine Geschichte vergangen sein wird.

Vielleicht wird aber auch niemand dieses Tagebuch lesen. Dann hat es wenigstens den Sinn gehabt, dass ich mir beim Schreiben Gedanken mache und nicht nur in unserem Versteck vor mich hin brüte.

Bevor ich die frischen Erlebnisse aufschreibe, will ich die Vorgeschichte notieren. Ohne diese sich über Jahre hinziehenden Schwierigkeiten wären wir, mein Mann Aaron und ich, ja nie in dieses Versteck auf Borns Heuboden gekommen.

Nach der Aktion der Nazis „Kauft nicht bei den Juden" im April 1933 ging es mit unserem Textilgeschäft in Wuppertal immer schlechter. Es hielten sich zwar durchaus nicht alle Kunden an diese gehässige Parole, und es gab sogar einige wenige, die aus leisem Protest extra in unseren Laden kamen. Aber das waren Ausnahmen. Der Umsatz ging immer mehr zurück. Schließlich war das Geschäft nicht mehr zu halten.

Die Verunglimpfungen wurden auch immer dreister. Man munkelte, dass Juden verschleppt würden. Wohin und zu welchem Zweck – das wusste keiner.

Mein Schwager und meine Schwägerin waren oft bei uns. Sie wollten ins Ausland fliehen und drängten uns mitzukommen. Ich wäre vielleicht schweren Herzens mitgeflohen, aber Aaron war dagegen.

Als dann in der Nacht vom neunten auf den zehnten November 1938 die Barmer Synagoge in der Scheurenstraße ausbrannte und die Zeitungen von ähnlichen Tragödien in anderen Städten berichteten, nahm natürlich auch unsere Angst zu. Auch die Atmosphäre uns gegenüber wurde immer feindlicher, was die Angst noch verstärkte.

In einem erneuten Gespräch mit Schwager und Schwägerin beschlossen wir – nach endlosen Beratungen bis zwei Uhr in der Nacht –, dass die beiden fliehen sollten. Sie waren kinderlos und würden unseren Sohn Jakob mitnehmen. Aaron und ich wollten aber noch bleiben, um zu versuchen, unseren Besitz – den Laden, die Textilien und unser Mobiliar – zu Geld zu machen, damit nicht alles verloren ginge. Ohne unseren Sohn würde es für uns später leichter sein, nachzukommen. Und sollte es bei uns misslingen, was wir aber nicht ernsthaft annahmen, so wäre wenigstens er in Sicherheit.

Aber wir konnten fast nichts verkaufen. Die Dinge spitzten sich immer mehr zu, und die Gefahr für uns wurde zunehmend größer, besonders als 1939 der Krieg begann. Warum wir nicht konsequenter reagiert haben, weiß ich nicht. War es, weil wir die Gefahr nicht realistisch einschätzten? Weil wir sie nicht erkennen wollten? Weil wir zu sehr am materiellen Besitz hingen? Weil wir uns einredeten, dass wir zwar Juden waren, aber am jüdischen Leben fast gar nicht teilgenommen hatten und damit eigentlich wie andere Deutsche waren?

Irgendwann war es für eine Flucht zu spät. Freunde erzählten uns davon, dass manche es vergeblich versucht hatten und verhaftet worden seien.

An dieser Stelle will ich noch erklären, wie unsere religiöse Einstellung war. Wie erwähnt, nahmen wir am Leben der jüdischen Gemeinde nicht teil. Die eine oder andere Tradition bestand in unserer Familie fort – zum Beispiel hatten wir Jakob beschneiden lassen –, aber die jüdischen Feste feierten wir nicht. Dafür feierten wir wie alle um uns her Weihnachten und Ostern. Aaron und ich sprachen auch kaum über religiöse Fragen. Eine gewisse Scheu wird dabei eine Rolle gespielt haben, aber auch Unsicherheit. Stimmte das alles, was man uns an unbeweisbaren Dingen in der Erziehung mitgegeben hatte? In unserer Umgebung hielt man etwas ganz anderes für wahr. Natürlich ist mir klar, dass die Wahrheit nicht unbedingt bei der Mehrheit liegen muss. Aber auch nicht bei der Minderheit, nur weil sie die Minderheit ist. Und auf lange Traditionen berufen sich alle.

Ich muss zugeben, selbst diese Gedanken sind neu für mich. So gründlich habe ich über das alles gar nicht nachgedacht. Erst durch die Begegnungen und Gespräche mit den alten Borns bin ich aus meiner Gleichgültigkeit solchen Fragen gegenüber etwas aufgewacht.

Von dem jungen Ehepaar Born muss ich berichten. Sie wohnten wie wir im dritten Stock, nur auf der anderen Seite des Treppenhauses. Beide waren ungefähr in unserem Alter und hatten eine Tochter, Thea, die ein Jahr jünger war als Jakob. Die Kinder spielten oft zusammen, meistens in Borns Wohnung, wenn Aaron und ich im Geschäft waren. Als wir das nicht mehr betrieben, waren beide oft bei uns.

Als der Krieg begann, war Harald Born als Leutnant natürlich nicht mehr da. Vom Polenfeldzug an war er nur noch zu Hause, wenn er Fronturlaub hatte. Umso mehr suchte Annemarie den Kontakt zu uns, um nicht so allein zu sein. Die Verachtung für die Juden griff zwar immer mehr um sich, aber sie setzte sich darüber hinweg.

Einmal waren Annemaries Schwiegereltern zu Besuch. Den Anlass weiß ich nicht mehr. Es könnte der vierte Geburtstag von Thea gewesen sein. Es ergaben sich längere und sehr ernste Gespräche zwischen dem alten Ehepaar Born und uns. Sie waren freundliche Leute, die irgendwo im bergischen Land einen Bauernhof besaßen.

Schnell entstand Vertrauen zwischen uns, nicht nur, weil Annemarie manches über uns erzählt und so die Begegnung vorbereitet hatte, sondern hauptsächlich, weil sie Vertrauen erweckende Menschen waren.

Kurz bevor sie nach ihrem mehrtägigen Besuch wieder abreisten, kamen wir auf die Situation der Juden zu sprechen. Sie rieten uns, wir sollten uns ins Ausland absetzen. Aaron erzählte ihnen offen, dass wir mit dem Gedanken lange – wohl zu lange – gespielt hätten, aber dass es nun zu spät sei. Und er schilderte, was wir in der Hinsicht unternommen hatten. Da sagte Ludwig Born, und seine Frau Elisabeth nickte eifrig dazu, wenn wir fliehen müssten und nicht wüssten, wohin, sollten wir zu ihnen kommen. Sie hätten Möglichkeiten, uns zu verbergen, und würden das auch gerne tun.

Wir bedankten uns für das Angebot, nahmen es aber nicht sehr ernst. An den Gedanken, auf einem Bauernhof bei Fremden in einem Versteck zu leben, vielleicht für lange Zeit, konnten wir uns noch schwerer gewöhnen als an den, im Ausland neu anzufangen. Aber es war wohl so, dass wir überhaupt zu träge waren, an etwas anderes als das Gewohnte zu denken. Wir hatten die Gefahr, in der wir schwebten, immer noch nicht voll erkannt. Oder wir wollten sie nicht erkennen und verdrängten sie deshalb aus unseren Köpfen.

Später habe ich darüber nachgedacht, ob es reiner Zufall war, dass wir davonkamen, oder ob tatsächlich der Gott Israels, der ja wohl auch der Gott der Christen ist, uns ein Wunder hat zufallen lassen. Ein eindeutiges Ergebnis ist bei diesem Nachdenken nicht herausgekommen. Jedenfalls begab sich Folgendes:

Aaron sah eines Abends ohne bestimmte Absicht aus dem Fenster auf die Straße. Da bemerkte er ein Auto, eine schwarze Mercedes-Limousine, die vor unserem Hauseingang hielt. Männer sprangen heraus. Er sagte später, dass er sofort gewusst habe: Es war die Gestapo. Ich glaube es ihm aufs Wort. Man erkannte diese Leute sofort, wenn nicht an ihrer Kleidung, dann an ihrem herrischen Auftreten.

Aaron rief: „Sie wollen uns holen!", rannte zu mir, packte mich am Arm und zog mich, ehe ich recht begriffen hatte, was los war, zur Tür. Wir nahmen uns nicht einmal die Zeit, irgendetwas Wertvolles mitzunehmen. Gegenüber klopften wir heftig bei Annemarie Born an die Tür. Sie öffnete gerade in dem Augenblick, als unten die ersten Stiefeltritte auf der Treppe zu hören waren. Annemarie war nicht nur hilfsbereit, sondern besaß auch eine rasche Auffassungsgabe. Ehe wir etwas erklären konnten, zog sie uns in die Wohnung und schloss die Tür.

Wir hörten gegenüber Rufen, Poltern, und schließlich krachte es so laut, dass wir annahmen, dass sie die Tür eingetreten hatten. Nach einiger Zeit wurde bei Frau Born geklingelt. Wir hatten schon damit gerechnet und uns versteckt. Ich quetschte mich in die winzige Speisekammer, und Aaron legte sich im Schlafzimmer unter die Betten.

Frau Born öffnete und lächelte die Gestapoleute freundlich an. Später sahen wir, dass sie eine Uniformjacke ihres Mannes mit all seinen Abzeichen direkt neben die Tür an die Garderobe gehängt hatte, in der Hoffnung, dass das den Männern Respekt einflößen würde. Ob sie wüsste, wo die Nachbarn seien, Ehepaar Schimmel, wurde sie gefragt. Nein, antwortete sie, aber die machten manchmal einen Abendspaziergang. Im Übrigen kümmere sie sich nicht um die Nachbarn, denn sie seien Juden.

Unsere Sorge war, dass die kleine Thea, die schon schlief, bei dem Lärm aufwachen und uns verraten könnte. Aber nichts dergleichen geschah, und die Männer wandten sich mit einem „Heil Hitler"-Gruß ab.

Annemarie Born beobachtete, dass noch etwa eine Stunde lang zwei Geheimpolizisten vor der Haustür auf der Straße standen. Später zogen sie ab, jedenfalls waren sie nicht mehr zu sehen.

Uns war klar, dass wir noch in dieser Nacht verschwinden mussten. Frau Born redete uns zu, das Angebot ihrer Eltern anzunehmen. Dazu *waren wir nun auch entschlossen. Wohin hätten wir sonst fliehen können? Aber wie sollten wir dort hinkommen? Es wäre sicher zu gefährlich, öffentliche Verkehrsmittel zu benutzen.*

Also zu Fuß! Frau Born gab uns eine genaue Karte und zeigte uns darauf den Weg. Sollten wir gut und ohne Hindernisse vorankommen – am besten nachts –, würde die Reise wohl drei oder vier Tage dauern.

Wir schlichen gegen ein Uhr in der Nacht aus dem Haus, und zwar durch den Hinterausgang. Durch verschiedene Gärten – einmal zu Tode erschreckt durch lautes Hundegebell – kamen wir schließlich wieder auf die Straße. Ich war überrascht, dass Aaron, der nie gern von Flucht gesprochen hatte, mir eröffnete, er habe sich diesen Weg schon vorher überlegt und sogar ausprobiert.

Wir hatten hauptsächlich Nahrungsmittel in unseren Rucksäcken, dazu warme Kleidung zum Schlafen im Freien.

In der ersten Nacht kamen wir, da wir ja erst spät aufgebrochen waren, kaum aus der unmittelbaren Umgebung von Wuppertal heraus. Nicht weit von der bekannten Müngstener Brücke verbrachten wir den Tag in einem Gebüsch. Wir beschlossen, dass abwechselnd einer von uns wachen sollte, während der andere schlief. Aber als ich mit Schlafen dran war, hielt mich die Anspannung trotz meiner Müdigkeit wach.

Abends machten wir uns wieder auf den Weg. Wir hatten zwar geplant, Verkehrsstraßen zu meiden und mehr auf Feldwegen zu gehen. Aber das erwies sich als unmöglich. Kleinere Straßen und Wege waren auf unserer Karte nicht verzeichnet. Zweimal verliefen wir uns und brauchten viel Zeit, wieder zu einem Ort zu kommen, durch dessen Ortseingangsschild wir erfuhren, wo wir waren.

Die Sonne war bereits im Begriff aufzugehen, als uns in der Nähe von Schloss Burg an der Wupper ein Bauer auf seinem Traktor überholte. Er wollte wohl früh mit seiner Ernte – was auch immer auf dem Anhänger lag – auf dem Markt sein. Er hielt an und fragte, ob er uns ein Stück mitnehmen solle. Es wäre verdächtig gewesen, wenn wir abgelehnt hätten. Also stiegen wir auf, ruhten unsere geschwächten Beine aus und kamen doch ein gutes Stück weiter. Aaron erzählte ihm, ohne dass der Bauer gefragt hätte, wir seien auf dem Weg zu einem Familientreffen hinter Wermelskirchen.

Je mehr wir in ländliches Gebiet kamen, desto weniger Angst hatten wir, dass uns die Polizei anhalten könnte. Also gingen wir nun auch bei Tageslicht, vermieden nur die Zeiten, wenn die Leute sich an ihre Arbeit machten oder von dort kamen.

Am dritten Tag hielt ein Lastwagen neben uns. Der Fahrer öffnete die Tür und rief uns zu: „Ach, wohl auch Städter, die auf dem Land ihr silbernes Besteck gegen Schinken tauschen wollen?“ Er lachte dabei und winkte uns, wir sollten auf die Ladefläche klettern. Wir waren glücklich, dass da jemand die Ausrede, die wir uns hätten ausdenken müssen, selbst erfunden hatte.

Am späten Abend des vierten Tages kamen wir in dem Ort Pfalzhof an, völlig erschöpft und übermüdet. Wir fanden den Hof von Borns, zögerten, ob wir sie so spät noch wecken dürften, entschlossen uns dann aber doch dazu. Beide waren natürlich erstaunt, als wir vor ihnen standen, hießen uns aber herzlich willkommen. Ich hatte sogar den Eindruck, sie freuten sich, dass wir ihre Einladung ernst genommen hatten. Vielleicht entstand der Eindruck aber nur, weil ich Schlimmeres befürchtet hatte. Schließlich kommt es oft vor, dass Menschen freundlich sind, solange es unverbindlich bleibt, und die Hilfsbereitschaft schnell schwindet, wenn es ernst wird.

Borns boten uns als Erstes an, sie Ludwig und Elisabeth zu nennen. Elisabeth machte einen Topf mit Milch warm, und ihr Mann ging, um unsere Unterkunft vorzubereiten. Wo die sein sollte, wussten wir noch nicht. Als wir dann alle vier zusammensaßen, erläuterte Ludwig seinen Plan. Für diese Nacht sollten wir auf zwei Sofas schlafen. Morgen sollten wir auf den Heuboden umziehen. Jetzt im Dunkeln da hinaufzuklettern in unbekanntes Gelände sei gefährlich und sicher nicht nötig.

Nach einer kurzen Nacht weckte uns Ludwig, ehe es hell wurde. Er hatte einige Mühe, uns wachzukriegen. Wir müssten nun in unser Ver-

steck umziehen, meinte er entschuldigend, weil bald Leute kämen. Er wollte uns unser Lager zeigen, ehe er zum Melken in den Stall ging.

Das Wohnhaus stand an der linken Seite eines rechteckigen Hofes. Gegenüber war ein Backsteinbau, in dem Geräte untergebracht waren, und der Schweinestall. An der hinteren Seite stand ein höheres Gebäude, in dem unten die Kühe untergebracht waren. Darüber war das Heu gelagert. Dort sollten wir unser neues Zuhause finden.

Von der Tenne aus führte eine steile Leiter hinauf. Oben musste man eine Klappe öffnen, um auf den Heuboden zu kommen. Daneben deckte eine größere Klappe eine Öffnung ab, durch die Heuballen und anderes an einem Seil hinaufgezogen werden konnten. Das Seil lief über eine Rolle an einem Dachbalken.

Da oben, auf einer kleinen Fläche aus Brettern und dahinter Heu, etwa mannshoch, sollten wir nun also „wohnen".

Ludwig war vorausgestiegen, wir beide folgten, und Elisabeth bildete die Nachhut. Oben angekommen, sahen wir uns erst schweigend um und dann schweigend an. Ich bemerkte an Aarons Blick, dass er es hier zwar nicht gerade gemütlich fand, aber er war auch nicht unzufrieden. Verglichen mit unseren Schlafstellen unterwegs und auch verglichen mit dem, was wir uns unter dem Begriff „Versteck" vorgestellt hatten, konnten wir froh sein, hier unterzukommen.

„Wir bringen euch noch zwei Stühle", machte Ludwig uns Mut.

„Und natürlich Decken und was man sonst noch so braucht", ergänzte seine Frau.

Plötzlich fürchtete ich, sie könnten an unseren Gesichtern Enttäuschung ablesen, und beeilte mich, eine fröhliche Mine aufzusetzen. „Sehr schön! Hier können wir uns wohlfühlen! Vielen Dank!"

„Nichts zu danken! Was ihr einem von meinen geringsten Brüdern getan habt, habt ihr mir getan."

Als ich erstaunt guckte und mich fragte, welche Brüder Ludwig wohl meinte, da ich zu wissen glaubte, dass er keine hatte, fügte er hinzu: „Hat Jesus gesagt."

„Ach, Ludwig!“, meinte Elisabeth. „Das klingt ja jetzt, als würden wir es nur tun, weil Jesus es verlangt. Das auch, aber – nun ja, ihr tut uns leid, und wir wollen euch gern helfen.“

„Ja, das stimmt“, nickte ihr Mann. „Und noch etwas: Wir schämen uns, dass unser Volk euch das antut. Was wir tun können, um ... na ja, ihr wisst schon, wie ich's meine.“

Aaron ging zu Ludwig und umarmte ihn wortlos. Das hätte ich nicht von ihm erwartet, er ist sonst eher distanziert. Aber ich nahm das zum Anlass, Elisabeth in den Arm zu nehmen, allerdings nicht wortlos. Freilich waren meine Worte wohl eher ein ziemlich zusammenhangloses Gestammel als ein formvollendeter Dank.

Ludwig öffnete die große Bodenklappe und zeigte uns, wie der Seilzug zu bedienen war. Immer wenn unten jemand pfiff oder sich sonst bemerkbar machte, sollten wir öffnen und das Seil mit dem Haken und einem Korb daran hinunterlassen. Unser Essen, und was wir sonst so brauchen würden, sollte auf diese Weise nach oben kommen.

Später brachte Elisabeth noch einen Eimer, in den wir unsere Notdurft verrichten sollten. Wir weigerten uns aber, den auch am Seil hinunterzulassen, weil wir die beiden nicht auch noch damit belasten wollten, sondern bestanden darauf, nachts selbst hinabzusteigen und den Eimer zu leeren.

Während ich dies schreibe, leben wir nun bereits zwei Wochen hier in unserem Versteck. Es ist langweilig – auch ein Grund, weshalb ich schreibe. Andererseits ist aber auch immer eine Anspannung da: Wie geht es weiter? Wie wird der Krieg enden? Wird es wieder Freiheit für uns Juden geben? Kann es sein, dass sich die Hilfsbereitschaft des Ehepaars Born erschöpft, wenn es noch länger so weitergeht? Können wir es im Winter hier oben aushalten? Was geschieht, wenn einer von uns krank wird?

Bei aller Anspannung durch Zukunftsangst und aller Langeweile durch Untätigkeit – das Gefühl, das mich am meisten erfüllt, ist Dankbarkeit. Was bringt Menschen dazu, sich selbst in größte Gefahr zu begeben, um uns zu schützen? Und das nicht widerwillig, als würde ihr

Gewissen oder ihre moralische Erziehung sie unter Druck setzen, sondern gern und liebevoll. Wir spüren, dass es für sie eine Freude ist, uns zu helfen.

Obwohl sie mit ihrer Landwirtschaft viel zu tun haben, nimmt sich Elisabeth abends immer mal ein paar Minuten Zeit für uns. Manchmal kommt auch Ludwig mit herauf. Oft geht dann aber Elisabeth bald wieder, weil sie fürchten, dass es ein Besucher des Hofes seltsam finden könnte, wenn niemand da ist. Und wenn dann einer vom Heuboden steigt, wo ja mitten im Sommer niemand etwas zu suchen hat.

Wir freuen uns jedes Mal, wenn einer die Leiter heraufkommt, mit uns redet, berichtet, was in der Welt so vorgeht, und uns Mut macht. Ich kann nur staunen über diese beiden liebevollen alten Menschen und bin traurig, dass ich weiß: Wir werden das nie vergelten können.

3

Harald Born hatte es sich in seinem Sessel bequem gemacht, und seine Urenkelin Leoni saß auf seinem Schoß. Um dem Kind nicht zu schaden, hatte der alte Mann seine Pfeife ausgehen lassen. Sie lag neben ihm auf dem Tischchen neben dem vergilbten Foto, das ihn als jungen, schneidigen Offizier in tadellos sitzender Uniform zeigte.

Das schnelle Hämmern des Meißels in der Werkstatt hatte ihn an Maschinengewehrfeuer erinnert. So konnte er nicht anders. Er musste von damals erzählen, als der Rückzug begann. Besonders das Erlebnis am Dnjeprknie.

„Ich konnte mich nur flach auf den Boden legen", erzählte er gerade, „sodass die Geschosse über mich hinwegzischten. Wo meine Kameraden waren, konnte ich nicht sehen. Ich wagte gar nicht, den Kopf zu heben, um mich nach ihnen umzuschauen. Als der Beschuss etwas nachließ, kroch ich langsam zurück. Ich wusste, dass weiter hinten ein Graben war, in dem ich besseren Schutz finden würde. Vielleicht waren dort auch die Kameraden. Aber als ich dort ankam, war ich allein. Die anderen hatten sich schon weiter zurückgezogen. Der Graben konnte mir aber auf Dauer auch nicht helfen, denn ich hörte und sah, dass der Feind näher kam. Ich allein konnte ihn natürlich nicht aufhalten. Was sollte ich tun? Da bemerkte ich eine kleine Brücke, eigentlich nur ein Steg aus dicken Bohlen, der über den Graben hinwegführte. Schnell kroch ich dort hin und versteckte mich darunter. Kaum war das gelungen, da hörte ich schon, wie die feindlichen Soldaten über meinem Kopf donnernd über die Brücke rannten. Ich konnte nur stillhalten, die Pistole in der Hand, und warten ..."

„Vater!“ Thea stand plötzlich in der Tür. „Du kannst doch dem Kind nicht solche Geschichten erzählen! Was denkst du dir denn dabei!“ Ihr Gesicht glühte rot vor Zorn, und sie beherrschte sich nur mühsam, um nicht noch lauter zu schimpfen.

„Guten Morgen, Thea!“

„Leoni, Uropa hat genug erzählt. Geh jetzt raus und spiele draußen!“

„Och ...“, murrte das Mädchen. Aber es spürte, dass eine Spannung in der Luft lag, und ging darum schnell hinaus.

„Ich habe das schon oft gesagt, Vater! Du kannst doch einer Fünfjährigen nicht solche grausamen Geschichten erzählen!“

„Es ist alles wahr, was ich erzähle. Nichts ist erfunden. Noch nicht mal leicht übertrieben oder ausgeschmückt.“

„Darum geht es nicht. Ich weiß, dass du das alles erlebt hast. Aber sei froh, dass es vorbei ist! Ich bin jedenfalls froh, dass wir keinen Krieg mehr haben. Da muss man doch ein Kind nicht mit so etwas belasten! Wer weiß, was du damit in seiner Seele anrichtest!“

„Unsinn! Sie wird nur abgehärtet. Für die Realitäten des Lebens.“

„Abgehärtet? Ein fünfjähriges Mädchen? Du hast keine Rekruten vor dir, falls du das noch nicht gemerkt hast.“

Ein Blick in das Gesicht ihres Vaters ließ Thea erschrecken. Der alte Mann hatte solch einen traurigen Ausdruck in den Augen, mit denen er in ihre Richtung starrte. Aber so, als sähe er durch sie hindurch. Hatte sie zu hart mit ihm geredet?

Immerhin war er ja ihr Vater. Und ein alter Mann. Mit weicherer Stimme sagte sie, während sie näher zu ihm trat und schließlich direkt vor ihm stand: „Versprich mir, Vater, dass du ihr so etwas nicht wieder erzählst!“

Ihr Vater antwortete nicht. Da rief Leoni von der Tür her: „Bist du dann gerettet worden, Uropa?“

Der lächelte. „Klar! Sonst säße ich ja nicht hier."

„Stimmt!", meinte das Mädchen.

„Es war aber noch ein ..."

„Du sollst unten spielen, hatte ich gesagt!", unterbrach Thea.

Leoni verschwand.

„Du sollst mir versprechen, Vater, dass du das Kind nicht mit deinen Kriegserlebnissen von Blut und Tod belastest!"

Harald Born sah unter sich. Das Lächeln, mit dem er seine Urenkelin angesehen hatte, war verschwunden. Aber auch der strenge Ausdruck, den seine Tochter sonst von ihm gewöhnt war. Er wirkte nur traurig, als er leise murmelte: „Es hört mir ja sonst niemand zu."

4

Nach dem Abendessen kam Pauls Mutter Thea herüber.

„Setz dich, Mutter! Möchtest du etwas trinken?"

„Nein, danke."

Mutter und Sohn setzten sich und hörten schweigend zu, wie Stefanie oben für Leoni ein Gute-Nacht-Lied sang. Meistens las sie eine Geschichte vor oder erzählte eine, aber manchmal wollte Leoni ein Lied gesungen haben, wie früher, als sie noch kleiner war. Stefanie hatte den Eindruck, dass das immer dann der Fall war, wenn ihr aus irgendwelchen Gründen emotionale Geborgenheit fehlte. Nicht immer wusste die junge Mutter, was der Grund dafür war.

Als die drei Erwachsenen zusammensaßen, schnitt Stefanie einige Äpfel auf, verteilte die Stücke an Mann und Schwiegermutter und erzählte zunächst einige Erlebnisse aus dem Altenheim, wo sie zu wechselnden Zeiten halbtags pflegerisch tätig war. Dann begann Thea behutsam zu berichten:

„Leoni war bei Opa. Das ist ja eigentlich was Schönes. Er freut sich an seiner Urenkelin. Und sie freut sich an ihm. Nur ..."

In die Pause hinein fragte Paul: „Nur?"

„Er erzählt oft vom Krieg. Auch heute. In allen grausamen Einzelheiten. Das ist sicher nicht gut für das Kind."

„Nein, bestimmt nicht!" Stefanie blickte von ihren Äpfeln auf. „Ich habe es ihm schon mehrmals gesagt. Aber entweder versteht er mich nicht, oder er vergisst es wieder. Oder er setzt sich bewusst über meine Bedenken hinweg."

„Dann werde ich mal mit ihm reden. Oder du, Paul. Ich will nicht, dass unser Kind mit solch blutigen Geschichten aufwächst."

„Neulich hat er mir entgegengehalten, die Grimm'schen Märchen seien auch grausam."

Paul warf ein: „Das ist natürlich Unsinn! Und das weiß er auch, oder sollte es zumindest wissen. Das ist gar nicht zu vergleichen. Ich werde mal mit ihm reden. Es wäre schade, wenn wir wegen seiner Haltung Leoni verbieten müssten, ihren Uropa zu besuchen."

Thea kaute überlegend an einem Apfelstück und meinte nach einer Weile: „Irgendwie kann ich ihn ja verstehen. Der Krieg mit all seinen Schrecken war gewissermaßen der Höhepunkt seines Lebens. Oder – ‚Höhepunkt' klingt vielleicht zu positiv – die Phase seines Lebens mit den dichtesten Erlebnissen, voller Gefahren und Spannungen. So etwas prägt. Manche verdrängen das und wollen nie wieder davon reden. Bei anderen ist es wohl genau umgekehrt. Wenn sie nicht davon sprechen können, fühlen sie sich um etwas Wichtiges betrogen. Man nimmt ihnen einen entscheidenden Teil ihrer Geschichte. Und damit einen wichtigen Teil von ihnen selbst. Ein Loch entsteht, ein Vakuum."

„Hast du heimlich Psychologie studiert?", fragte Stefanie schmunzelnd.

Und Paul meinte: „Scharfsinnig analysiert! Kannst du diesen analytischen Scharfsinn nicht auch mal auf deinen Sohn richten?"

„Wie meinst du das?"

„Die Frage war nicht sehr scharfsinnig. Du solltest dir denken können, wie ich das meine."

Thea reagierte nicht. Paul setzte nach:

„Meinst du nicht, dass bei deinem Sohn auch ein Loch entstehen muss, solange er nicht weiß, wer sein Vater ist?"

„Ach, fang nicht wieder damit an, Paul!" Seine Mutter blickte unter sich.

„Ich werde immer wieder damit anfangen, bis ich eine

Antwort bekomme. Oder bis ich verstanden habe, warum du schweigst. Aber weshalb ich heute damit anfange, das hat noch einen besonderen Grund. Es kann sein, dass wir es auf anderem Wege erfahren, und da will ich dir vorher die Chance geben, es von dir aus zu sagen."

„Auf anderem Wege? Das verstehe ich nicht."

„Ich habe auf dem alten Heuboden ein Tagebuch gefunden. Von einer Rebekka Schimmel. Urgroßvater und Urgroßmutter müssen dort Juden versteckt haben. Ich wundere mich, dass ich bisher nichts davon wusste. Ein Familiengeheimnis also. Und da liegt der Gedanke nahe, dass auch die Geschichte meines Vaters damit zusammenhängt."

„Aaron und Rebekka Schimmel! Ich ahnte nicht, dass sie ein Tagebuch geführt haben."

„Du wusstest also davon ..."

„Ich war ein kleines Mädchen damals. So wie Leoni jetzt. Meine Erinnerungen sind sehr lückenhaft."

„Und – stimmt es, dass es da einen Zusammenhang gibt mit meinem Vater?"

Thea schwieg einige Augenblicke, bis sie zur Antwort gab: „Nur indirekt."

„Aber warum habt ihr nie davon erzählt, du oder Großvater?"

„Aus dem gleichen Grund. Ja, das kann man vielleicht so sagen. Ach, Paul – es tut mir leid, diese Geheimniskrämerei. Ich weiß sehr wohl, dass du ein Recht hast, von deinem Vater zu erfahren. Ich verspreche dir, in nicht allzu ferner Zukunft werde ich dir alles erzählen."

Paul sagte leise: „Ich habe von dir immer viel Liebe erfahren, Mutter. Darum kann ich mir nicht denken, dass du mir ohne triftigen Grund Schmerzen zufügst. Den Schmerz, mir die Auskunft vorzuenthalten. Aber es wäre leichter für mich, wenn ich wenigstens den Grund wüsste."

Eine Weile herrschte Stille. Nur langsame Kaugeräusche waren zu hören.

Stefanie blickte plötzlich auf. „Hat es mit Opa zu tun?"

„Wie kommst du darauf?"

„Du hast schon mal gesagt, du würdest das Geheimnis bald lüften. Aber worauf wartest du? Willst du dein Schweigen brechen, wenn Opa gestorben ist?"

Thea sah erst sie und dann ihren Sohn an. Schließlich sagte sie leise: „So viel kann ich zugeben: ja."

Paul versuchte zu raten: „Wäre er mit meinem Vater nicht einverstanden gewesen? Aber das ist doch kein Grund ..."

„Bitte, Paul!"

Es war offensichtlich, dass sie das Thema wechseln wollte. „Das Tagebuch von Schimmels – ich würde es dann auch gern mal lesen."

„Sicher", antwortete Stefanie. „Lass es uns nur erst zu Ende lesen. Es dauert etwas. Ich lese mir alles mühsam durch, notiere mir auch einiges in meiner eigenen Schrift, was nur schwer zu entziffern ist, und lese es dann Paul vor. Aber dann kannst du es natürlich auch lesen."

„Tut mir einen Gefallen: Erzählt Großvater nichts von dem Tagebuch!"

„Warum nicht?"

„Ich vermute, wenn ihr es bis zu Ende gelesen habt, könnt ihr euch die Antwort selbst geben."

Paul fragte: „Wenn das Geld, die 25 000 Mark, nicht von meinem Vater sein sollten, wie du behauptest, können sie dann von diesen Leuten sein, die hier versteckt waren?"

„Ich weiß es nicht", antwortete seine Mutter, „aber ich halte es für sehr unwahrscheinlich."

5

Das Gespräch mit Thea hatte Pauls und Stefanies Neugier noch gesteigert. Aber beide hatten ihre täglichen Pflichten. Erst am nächsten Tag nach dem Mittagessen, wo sie sich sowieso eine kleine Pause angewöhnt hatten, nahmen sie sich das Tagebuch wieder vor.

22. Juli 1941

Jetzt liegt die Heuernte hinter uns. Das brachte einige Veränderungen mit sich. Der Raum, in dem wir uns bewegen können, ist ziemlich eingeschränkt.

Zwei Vorteile hat das aber: Erstens duftet es wunderbar und überdeckt damit die Gerüche vom Kuhstall unter uns. Wir können auch in dem neuen Heu großartig liegen. Und zweitens konnten wir wenigstens etwas helfen. Das Heu, das vom Wagen heraufgereicht wurde, haben wir verstaut.

Nach langem Drängen hat uns Elisabeth auch sonst einige Arbeit gegeben. Zum Beispiel ziehen wir oft am Vormittag einen Eimer mit Kartoffeln herauf, die ich dann schäle.

Morgens melkt Ludwig die Kühe unter uns im Stall, ehe er sie auf die Weide bringt. Abends ist das Elisabeths Aufgabe. Während sie beschäftigt ist, singt sie oft. Es sind wohl christliche Lieder, ich kann den Text aber kaum verstehen bis auf wenige Wörter, und ich kenne die Melodien auch nicht. Elisabeth hat eine schon etwas brüchige Stimme, aber sie scheint musikalisch zu sein, denn sie trifft alle Töne sauber und hat keine Mühe, etwa einen oder zwei Töne höher oder tiefer anzustimmen, wenn sie merkt, dass sie an den Rand ihres Stimmumfangs kommt. Obwohl es kein

Genuss im ästhetischen Sinne ist – sie denkt vermutlich beim Singen gar nicht an die Zuhörer über sich –, lege ich mich dann gern im Heu zurück und lausche auf ihren Gesang. Auch Aaron scheint von dieser schlichten Ungezwungenheit ihres Singens berührt zu sein und hört still zu. Schmunzelt nur zwischendurch, wenn Elisabeth mit einer der Kühe redet.

Als sie zum ersten Mal eine Kuh mit ihrem Namen ansprach – es sind alltägliche Mädchennamen wie Lisa oder Erna –, bekam ich einen Schreck, weil ich dachte, eine Frau sei mit im Stall. Inzwischen kenne ich alle sechs Kühe mit Namen.

Heute war Ludwig bei uns. Er wollte sich für unsere Hilfe bedanken. Ich dachte erst, er wollte einen Scherz machen. Aber nein, er meinte es ernst. Aaron dankte ihm, dass wir die Möglichkeit hatten, ein wenig zu helfen und so wenige Promille von der Schuld abzutragen, in der wir bei ihm stehen.

Wir haben uns über Politik unterhalten. Er schilderte uns, wie es mit dem Krieg steht. Deutsche Luftangriffe sollen England in die Knie zwingen. Das scheint aber nicht zu gelingen, so wie Hitler sich das gedacht und Göring es ihm versprochen hat. Ludwig scheint darüber nicht traurig zu sein. Im Radio würde auch immer von den Erfolgen der U-Boote berichtet, die die britische Handelsblockade um Deutschland knacken und England vom weltweiten Handel aussperren sollen. Ich stelle mir das schrecklich vor. Da werden Handelsschiffe einfach versenkt mit allen Menschen an Bord. Aber auch für die U-Boot-Besatzungen wird es kein Vergnügen sein. Sie leben auf noch engerem Raum als wir hier.

In Afrika, wo ein deutsches Afrikakorps die Italiener unterstützt, unter Führung eines gewissen Rommel, soll es große Erfolge geben.

Ludwig erzählte uns von zwei jüdischen Familien, mit denen er bekannt gewesen war. Sie sind plötzlich verschwunden. Die eine schon vor zwei Jahren, die andere erst kürzlich. Ich hatte den Eindruck, er wolle damit seine Mahnung unterstreichen, wir sollten ja nicht unser Versteck verlassen. Aber das haben wir auch nicht vor. Eine Warnung war nicht nötig, wir kennen die Gefahr und verdrängen sie nicht mehr.

So kamen wir allgemein auf das Thema der Juden in Deutschland zu sprechen. Aaron sagte zu Ludwig: „Ich weiß, dass du kein Antisemit bist. Aber wie ist genau deine Einstellung zu den Juden?“ Ich fand die Frage ein bisschen aufdringlich, aber da denkt Aaron anders als ich.

Ludwig dachte einige Augenblicke nach – sicher nicht, um zu überlegen, wie er in der Sache dachte, sondern um die richtigen Worte zu finden, es zu erklären. Dann meinte er: „Es gibt nicht den geringsten Grund, Juden zu verachten, denn es sind Menschen wie wir Deutschen. Und wenn manche glauben, Gründe zu haben, dann sind die vorgeschoben. Vorgebracht werden diese Gründe, weil man vor sich selbst rechtfertigen muss, was man ihnen antut. Und warum tut man es ihnen an? Weil man einen Sündenbock braucht. Ein Ausdruck, der, wie ihr sicher wisst, aus dem Alten Testament stammt. Man braucht jemanden, den man für jede Misere verantwortlich machen kann. Das erleichtert. Es erspart den Menschen, Fehler bei sich selbst zu suchen.“

Er schwieg eine Weile, und Aaron nickte. Dann fuhr Ludwig fort: „Das sage ich als Mensch. Aber als Christ sage ich noch etwas anderes. Die Juden sind Gottes Volk. Das sind sie auch, nachdem die meisten nicht bejahen, dass Gott sich mit seinem Sohn auf eine ganz neue Weise gezeigt hat. So hat es Paulus geschrieben, im Römerbrief. Ich weiß nicht, was das im Einzelnen bedeutet, weiß auch nicht, was Gott noch mit seinem Volk vorhat. Weiß auch nicht, wie das viele Leid, das die Juden erleiden mussten und müssen, damit zu vereinbaren ist. Aber Tatsache bleibt es, dass sie ‚Gottes Augapfel‘ sind. Denn so steht es geschrieben.“

„Manche Christen bekämpfen die Juden, weil sie sagen, sie seien die Christusmörder“, wandte Aaron ein.

„Unsinn! Es waren heidnische Römer, die Christus gekreuzigt haben. Juden waren auch beteiligt, sicher. Aber nicht das ganze Volk. Letztlich schuld am Tod Jesu am Kreuz sind alle Sünder, denn ihretwegen ist er als Mensch erschienen und hat den Tod auf sich genommen, als Sühne.“

„Ich weiß, dass die Christen das lehren“, sagte Aaron, und er klang dabei etwas unwillig. Ludwig wird das nicht bemerkt haben, weil Aa-

ron natürlich unseren freundlichen Helfer nicht angreifen wollte, aber ich, der ich meinen Mann seit langem kenne, hörte es wohl. Er fuhr fort: „Die Nazis sehen das leider nicht so wie du. Es ist ja ein furchtbarer Hass, den sie uns gegenüber haben. So fanatisch, dass mir scheint, die Erklärungen, die du gerade gegeben hast, reichen nicht aus, ihn zu begründen."

„Manche Nazis brauchen auch keine logische Begründung für ihren Hass. Sie freuen sich nur, wenn sie irgendwo draufhauen können, statt ihren Ärger nur runterzuschlucken. Sie freuen sich, wenn sie sich irgendjemandem gegenüber besser und stärker fühlen können. Da kommen sie sich heldenhaft vor. Überhaupt – Stärke zu beweisen scheint die neue Religion in unserem Land zu sein."

Aaron nickte. „In unseren Heiligen Schriften, die zum Teil euer Altes Testament sind, wird von Lamech erzählt. Ich habe noch vor einigen Wochen über ihn gelesen. Der erfand am Anfang der Menschheitsgeschichte das Schwert. Und dadurch fühlte er sich stark genug, sich siebenfach zu rächen. Einen Mann zu töten, wenn der ihm nur eine Beule beigebracht hat. So denken viele heute."

„Genau so denken die Ideologen der neuen Zeit", bestätigte Ludwig. „Man könnte die Nationalsozialisten Lamechbewegung nennen. Nur hat man heute keine Schwerter, sondern Panzer und U-Boote und Flugzeuge."

„Aber Gott hat dieser Denkweise sein Gebot entgegengestellt: Auge um Auge, Zahn um Zahn. Die Strafe soll nicht über die Tat hinausgehen. Rache darf nicht maßlos werden."

„Und Jesus ging noch weiter", sagte Ludwig. „Wenn dich jemand auf die eine Backe schlägt, halte ihm die andere auch noch hin. Liebt eure Feinde, segnet, die euch fluchen, tut wohl denen, die euch hassen."

Aaron lächelte. „Aber du tust uns nicht wohl, weil du uns hasst, nicht wahr? Scherz beiseite – ich kenne nicht viele Christen, die mit solchem Handeln beweisen, dass sie das Wort von Jesus ernst nehmen."

„Leider."

„Und wegen dieses Liebesgebotes, das kaum jemand beachtet, glaubst du, das Christentum sei wertvoller als das Judentum?"

„Wertvoller? Ich weiß nicht, was ich mir darunter vorstellen soll. Ich möchte so sagen: Das eine ist eine Weiterführung des anderen. Eine Steigerung. Ein Schritt weiter in der Geschichte Gottes mit den Menschen."

„Aber du verachtest uns und den Glauben der Juden trotzdem nicht?"

„Jesus sagte – das steht bei Johannes: Das Heil kommt von den Juden."

Es wunderte mich, dass ein solcher Satz im Neuen Testament stehen sollte, aber ich sagte nichts dazu, wusste ich doch, dass meine Kenntnis dieser Dinge äußerst mangelhaft war.

Ich habe hier versucht, das Gespräch möglichst genau festzuhalten. Aber natürlich kann ich mich nicht mehr an jeden einzelnen Satz erinnern. Sinngemäß lief aber unser Gespräch so ab.

Aaron und ich haben uns dann noch ein wenig über das Thema unterhalten, kamen aber nicht wesentlich weiter, weil wir über den christlichen Glauben nicht genug wussten. Es war uns nur geläufig, was zur Allgemeinbildung gehört. Wir hatten aber den Eindruck, damit nicht bis zum Kern vorgedrungen zu sein. Im Übrigen wussten wir über unseren eignen Glauben auch nicht genug.

Gestern hörten wir lautes Reden unten im Hof.

Wir können durch einen kleinen Schlitz zwischen den Dachziegeln hinuntersehen. Allerdings können wir nicht den ganzen Hof mit einem Blick erfassen.

Wir beobachteten, dass Ludwig sich mit einem Mann im braunen Hemd stritt. Es war ein ziemlich dicker Mann, bei dem das militärische Gehabe etwas unpassend und lächerlich wirkte. Nach dem heftigen Wortwechsel drehte sich der Dicke um und stapfte wütend davon.

Später berichtete uns Elisabeth, was geschehen war. Sie stieg die Leiter hinauf, aber nicht ganz. Nur ihr Oberkörper lugte durch die geöffnete Klappe. Der Mann, erzählte sie, war der Ortsgruppenleiter der Partei. Er wollte, dass Ludwig eine Hakenkreuzfahne vorn an der Straße aufhängt. Er erwartete einen Gauleiter – oder wie die sich nennen – für morgen zu einem Besuch. Der sollte würdig empfangen werden. Da Borns Haus direkt an der Hauptstraße steht, sollten sie sich an dem Fahnenschmuck beteiligen und damit ihre Begeisterung über den neuen Geist ausdrücken. Diese Begeisterung war aber bei Ludwig nicht vorhanden, eher das Gegenteil. Er weigerte sich. Er habe keine Fahne, sagte er dem Nazi. Das brachte ihm den Ärger dieses Mannes ein.

Elisabeth meinte: „Hoffentlich bewirkt das nicht, dass er uns nun mit mehr Sorgfalt beobachten lässt. Es wird erzählt, dass die Gestapo manche Leute drängt, andere zu bespitzeln. Nachbarn, Geschäftspartner, sogar Verwandte."

„Könnt ihr euren Nachbarn trauen?", fragte Aaron.

„Nun ..." Elisabeth wiegte den Kopf. „Ich sage ihnen nichts Schlechtes nach. Wir haben eigentlich nach beiden Seiten und gegenüber ein gutes Nachbarschaftsverhältnis. Aber wer weiß schon, wie Menschen reagieren, wenn sie unter Druck gesetzt werden und persönliche Nachteile befürchten müssen. Eine kleine Beobachtung, aufgebauscht oder sogar erfunden, ist ein einfaches Mittel, sich für irgendeinen kleinen Ärger zu rächen, oder zumindest, um sich bei den Machthabern beliebt zu machen."

„Es wäre leichter, wenn euer Hof weiter draußen läge. Aber er liegt nun mal mitten im Ort. Und mit der offenen Seite zur Straße, sodass jeder, der vorbeikommt, hineinsehen kann."

Elisabeth nickte. Nach einer Weile fuhr sie fort: „Der Ortsgruppenleiter scheint gut über unsere Familie informiert zu sein. Er erwähnte unseren Sohn."

Ich sagte: „Es spricht doch für euch, dass euer Sohn an der Front kämpft."

„Ja, eigentlich schon. Aber es kann ihm auch schaden, wenn wir gegen das Regime sind. Ein Nazifeind wirft sofort einen Schatten auf die ganze Familie."

„Wie denkt denn Harald darüber? Wir haben ihn ja in Wuppertal selten gesehen und uns nie – soweit ich mich erinnere – über Politik unterhalten."

Elisabeth antwortete nicht. Sie sah unter sich. Dabei musste ihr wohl der Gedanke gekommen sein, wie sie vom Thema ablenken könnte. „Ach, ich wollte ja noch die Tenne kehren." Sie stieg zwei Sprossen nach unten. Das Ablenkungsmanöver war aber so offensichtlich, dass es ihr selber auffiel. Sie zögerte einige Augenblicke und stieg dann wieder drei Sprossen hinauf.

„Leider ...", sagte sie leise und sah uns dabei nicht an, „leider denkt Harald in diesen Dingen nicht wie wir. Er ... er ist mit dem gegenwärtigen Regime durchaus einverstanden."

Aaron wollte ihr wohl ein wenig aus der Verlegenheit helfen, bereute sicher auch, die Frage gestellt zu haben. „Nun ja, wenn er Offizier ist ... Dazu gehört ja auch Gehorsam. Mehr noch: eine unbedingte Identifikation mit der Sache, für die man kämpft."

„Das allein ist es nicht." Ich konnte sehen, wie schwer es Elisabeth fiel, das zu sagen. „Er geht ganz in dieser Ideologie auf."

„Ist er denn auch ..." Aaron hatte unüberlegt angefangen zu sprechen. Aber er biss sich auf die Lippen und vollendete die Frage nicht.

Elisabeth wusste allerdings, was er fragen wollte. „Ich weiß nicht, ob man ihn als Antisemit bezeichnen kann. Ich fürchte, weit entfernt davon ist er nicht."

Eine Weile war es still. Jeder hing seinen Gedanken nach.

Dann meinte ich, etwas Tröstliches sagen zu müssen. „Du musst dir deswegen keine Vorwürfe machen, Elisabeth. Erziehung kann in diesen Dingen nicht viel bewirken. Schon gar nicht, wenn ein Sohn seine Einstellung erst als Erwachsener gefunden hat. Da ist der Einfluss der Eltern gleich null."

Elisabeth nickte. „Nett, dass du das sagst. Aber was mich belastet, sind nicht eventuelle Erziehungsfehler. Ich bin betrübt, dass er so denkt, egal, wie er dazu gekommen ist. Es ist nicht im Sinne Gottes."

Weder Aaron noch ich wussten etwas dazu zu sagen, obwohl wir sie gern getröstet hätten. Elisabeth sah unsere Verlegenheit und meinte: „Belastet ihr euch nicht damit! Gott wird uns, Ludwig und mir, die Kraft geben, damit fertig zu werden, wenn wir es nicht ändern können."

Sie stieg noch zwei Stufen höher und setzte sich auf den Rand der Öffnung. „Natürlich ist es fast unmöglich für alte Eltern, an der Einstellung eines erwachsenen Sohnes etwas zu ändern. Besonders wenn diese Einstellung fanatisch ist und von der Mehrheit der Menschen seiner Umgebung gestützt wird. Ich dachte nur, als Kind und Jugendlicher in unserem Haus hätte er durch den Umgang mit der Bibel und christusgläubigen Eltern gefestigt sein müssen. So gefestigt, dass diese antigöttliche Ideologie bei ihm keinen Nährboden hätte finden können. Aber das war ein Irrtum."

Nachdem wir alle drei wieder einige Zeit geschwiegen hatten, sah Elisabeth plötzlich auf. „Oh – entschuldigt! Ich habe euch mit meinen Sorgen belastet, dabei sind doch eure Sorgen viel größer! Reden wir nicht mehr davon!"

„Aber Elisabeth!", sagte ich. „Wir wären wirklich sehr egoistisch, wenn wir die Sorgen der Menschen nicht mittragen wollten, die unsere größeren Sorgen mittragen! Die unsere Sorge zu ihrer eigenen machen! Und das ganz praktisch. Wir danken dir für den Vertrauensbeweis, dass du uns an deinem Kummer teilhaben lässt."

Ich rückte ein wenig näher und legte die Hand auf ihre Schulter. Sie lächelte mich dünn an.

„Ihr müsst aber keine Angst haben", sagte sie dann. „Wenn Harald Fronturlaub hat, besucht er Frau und Kind in Wuppertal. Hierher kommt er nicht. Unser Verhältnis ist viel zu ... wie soll ich sagen? ... angespannt, als dass er von den wenigen Tagen Urlaub noch einige bei seinen total altmodisch denkenden Eltern verbringen würde."

„Das klingt bitter", stellte Aaron leise fest.

„Ich weiß, bitter soll man nicht werden. Aber, offen gesagt: Ich fürchte, innerlich haben wir unseren Sohn verloren, auch wenn er natürlich unser Sohn bleibt. Und wenn unsre Liebe ihm weiter gilt."

Ich sagte: „Wohl wissend, dass es kein Trost ist, sage ich es trotzdem: Wenn ihr auch euren Sohn innerlich verloren habt, mit uns habt ihr Freunde gewonnen. Freunde, die euch allerdings nichts nützen, eher be-

lasten. Und wenn es stimmt, was Ludwig neulich sagte, dass Gott irgendwann einmal fragen wird, wo ihr Bedürftigen geholfen habt, dann zeigt auf uns."

Aaron tadelte mich: „Ach, Rebekka! Es stimmt zwar, dass wir dankbare Freunde sein wollen, aber du kannst uns doch nicht mit ihrem Sohn vergleichen!"

Ehe ich antworten konnte, meinte Elisabeth: „Lass nur, Aaron! Ich weiß, wie Rebekka es meint. Und ich danke ihr dafür. So – jetzt muss ich mich aber um die Hühner kümmern. Und um die Schweine. Und ich meine nicht die Nazis."

Sie lächelte uns an, während sie rückwärts die Leiter hinunterstieg.

6

Ein schmutziger kleiner LKW fuhr auf den Hof, und ein Mann in ölverschmiertem blauem Arbeitsanzug stieg aus. Zielstrebig ging er auf die Tenne zu, in der Harald Born seinen Oldtimer stehen hatte.

Stefanie sah ihn durchs Fenster und kam auf den Hof. „Guten Morgen. Kann ich Ihnen helfen?"

„Ich bin angemeldet", sagte der Fremde. „Ich soll den Wagen von Herrn Born ..."

„Ist schon in Ordnung!", rief Harald vom Fachwerkhaus aus und kam herüber. „Ich habe Herrn Wehmeier hergebeten, wieder mal", erklärte er der Frau seines Enkels. „So ein Oldtimer muss immer mal bewegt werden. Und kontrolliert."

Der Mechaniker nickte. „Und es gibt Teile, die lösen sich auf, auch wenn man gar nichts damit macht. Dichtungen zum Beispiel."

Harald Born öffnete die beiden hölzernen Flügel. Da stand das Prachtstück, beigefarben und leicht verstaubt.

„Da geht einem das Herz auf!", behauptete Herr Wehmeier mit einem Blick auf den alten Wagen. „Eine echte Borgward Isabella! Ein Schatz aus einer anderen Zeit!"

Stefanie konnte die Begeisterung der beiden Männer für das alte Auto nicht nachvollziehen. Sie wollte sich wieder zurück an ihre Hausarbeit begeben, entschloss sich dann aber doch, noch eine Weile zuzusehen.

Wehmeier setzte sich in das Auto und wollte es offenbar starten, was aber nicht ging. Lag das an der Batterie? Stefanie hatte keine Ahnung von so etwas. Sie musste aber wohl mit ihrer Vermutung recht gehabt haben, denn der Mechaniker fuhr nun sein eignes Auto dichter heran, klappte beide Motorhauben hoch und stellte eine Kabelverbindung her. Tatsächlich lief bald der Motor des alten Borgward.

Wehmeier fuhr seinen eigenen Wagen etwas zur Seite, um für den Oldtimer den Weg frei zu machen, stieg in diesen ein und fuhr ihn auf den Hof.

„Hier ist mehr Licht und mehr Platz", sagte er zu dem stolzen Besitzer. „Ich sehe mir erst mal alles an, und dann fahre ich in meine Werkstatt. Heute Abend, spätestens morgen, bringe ich ihn wieder her. Mein Auto lasse ich solange hier stehen. Da stört es doch niemanden, oder?"

„Ist recht, Herr Wehmeier", nickte Harald.

„Setzen Sie sich mal rein und betätigen Blinker, Bremse und so weiter! Ich kontrolliere die Lichter."

Er musste jetzt seine Stimme etwas anheben, da gerade in Pauls Werkstatt die Schleifmaschine anfing zu laufen und ein kreischendes Geräusch zu machen.

Offenbar fiel die Kontrolle der Lichter befriedigend aus. Herr Wehmeier setzte sich nun wieder hinter das Steuer des Borgward und kurvte ein wenig auf dem Hof herum.

Stefanie fragte: „Sag mal, Großvater, willst du dir nicht mal ein neues Auto kaufen? Ich meine, es kann ja ruhig gebraucht sein, aber nicht so uralt wie das. Bei dem weißt du ja nie, ob du auch da ankommst, wo du hinwillst."

„Ich fahre ja sowieso nicht damit. Wo sollte ich denn hinfahren?"

„Na, da muss man doch erst recht fragen, warum du die alte Kiste noch behalten willst und pflegen lässt."

„Das verstehst du nicht. Es ist ein wertvoller Oldtimer. Der dient nicht zum Fahren, jedenfalls nicht hauptsächlich."

„Sondern? Als Geldanlage?"

„Auch. Aber vor allem als Liebhaberstück."

Der Mechaniker hielt kurz an, öffnete die Tür und rief: „Alles klar. Ich fahre dann." Er legte den Gang ein und ließ behutsam die Kupplung gehen. Sanft fuhr das alte Auto vom Hof.

„Dass man an so etwas Freude haben kann!", staunte Stefanie und grinste Harald an. Sie sagte nicht, was ihr auch durch den Kopf ging: Besser, er beschäftigt sich mit einer alten Limousine als mit einem Panzer. Na ja, das ginge wohl schlecht. Aber mit Waffen und solchen Dingen.

„Weißt du, Stefanie, wenn man so jung ist wie du, blickt man in die Zukunft. In meinem Alter blickt man in die Vergangenheit. Du musst dich nach vorn ausrichten, Pläne machen, von Dingen träumen, die du erreichen willst. Bei mir kommt nicht mehr viel. Ich beschäftige mich mehr mit dem, was war."

„Das verstehe ich", nickte die junge Frau.

„Und zu dem, was war, gehört auch meine alte Luxuslimousine. Übrigens – sie kann auch eine Bedeutung für die Zukunft bekommen. Wenn ich mal gestorben bin, könnt ihr sie verkaufen. Sie hat einen hohen Wert."

„Hast du sie schon mal schätzen lassen?" Sie grinste, um nicht den Eindruck aufkommen zu lassen, sie warte auf den Erbschaftsfall.

„Du wirst überrascht sein, denke ich. Positiv überrascht."

„Dass du noch eine Weile am Leben bleibst, ist wichtiger als dein Erbe", schob Stefanie sicherheitshalber nach.

„Danke! Sehr freundlich."

„Zumal wir ja gerade reich beschenkt worden sind."

Harald nickte. „Ich habe es gehört. Erst von Leoni, dann von Paul und schließlich von Thea. Erstaunlich! 25.000 Mark!"

„Du kannst dir nicht denken, wer der edle Spender ist?"

„Ich kann es mir durchaus denken. Aber meine Tochter bestreitet es vehement."

„Pauls Vater?"

„Natürlich. Wer sonst? Auch wenn Thea behauptet, der lebt nicht mehr."

Harald setzte sich auf eine alte, grobgezimmerte Bank, die vor dem Haupthaus stand und auf der wohl frühere Generationen von Bauern pfeiferauchend gesessen und den Feierabend nach der harten Feldarbeit genossen hatten.

Stefanie setzte sich neben ihn, nachdem sie den Staub von der Sitzfläche geblasen hatte.

„Warst du – hoffentlich nimmst du es mir nicht übel, wenn ich das frage –, warst du sehr böse, als deine Tochter ein Kind bekam, ohne verheiratet zu sein? Ich meine, damals waren die Moralvorstellungen ja noch nicht so locker wie heute."

„Natürlich war ich zunächst – nun, sagen wir: nicht besonders glücklich. Böse war ich ihr nicht. Das sage ich ganz ehrlich. Nur darüber war ich ihr böse, dass sie mir weder verraten wollte, von wem das Kind ist, noch etwas unternahm, um alles in ordentliche Bahnen zu lenken. Sprich: den Mann zu heiraten."

„Sie sagt, der lebt nicht mehr."

„Das habe ich immer für eine Ausrede gehalten."

Sie schwiegen eine Weile. Das Schleifen aus Pauls Werkstatt war inzwischen in ein Hämmern übergegangen.

Dann ergriff der alte Mann noch einmal das Wort. „Du darfst aber nicht denken, dass ich gegenüber Paul voreingenommen bin, weil er nicht aus einer ordentlichen Ehe stammt. Wäre Thea verheiratet, wäre Paul kein besserer Enkel als jetzt. Ich habe ihn gern. Und besonders meine Urenkelin."

Dann fiel ihm noch etwas ein: „Und dich selbstverständlich auch!"

Stefanie schmunzelte, wurde aber gleich wieder ernst. „Leoni liebt dich auch."

Er nickte. „Paul hat mit mir gesprochen, ich soll ihr nichts vom Krieg erzählen. Thea hat das auch schon gesagt. Ich bin zwar nicht überzeugt, dass ihr das schaden würde, aber ich akzeptiere euren Wunsch."

„Danke! Verstehst du, ich will verhindern ..."

Harald hob die Hand und schnitt ihr damit das Wort ab. „Ist gut. Lass uns nicht darüber diskutieren. Ich halte mich an eure Erziehungsgrundsätze. Punkt."

Wieder schwiegen beide. Die Katze kam angeschlichen, blieb vor Stefanie sitzen, sah zu ihr auf und miaute. Dann sprang sie mit einem Satz auf ihren Schoß. Stefanie kraulte sie am Hals.

„Ja, die Erziehungsgrundsätze ...", murmelte Harald überlegend. „Manches ist so völlig anders als zu meiner Zeit, dass ich es überhaupt nicht verstehe. Was muss das früher für die Alten eine befriedigende Situation gewesen sein, zu beobachten, dass die Kinder und Enkel ihre Wertvorstellungen übernommen haben. Der Urenkel des Bäckers wollte genauso erfolgreich Brot backen wie der Urgroßvater, der Kaufmann das Geschäft des Gründers von vor vielen Generationen weiterführen, und der junge Ritter wollte genau so ein Kriegsheld werden wie sein Ahnherr, den irgendein König vor Jahrhunderten zum Ritter geschlagen hatte."

„Da hast du recht, so ist es heute nicht mehr. Sonst müsste Paul ein Bauer sein. Aber du warst ja auch schon keiner."

Darauf ging der Alte nicht ein. „Bei manchen Dingen habe ich den Eindruck, heute wird genau so gedacht wie vor meiner Jugend. Bei uns gab es so viel Neues, das uns begeistert hat. Es fiel uns wie Schuppen von den Augen, und auf einmal sahen es alle so. Zum Beispiel die Größe unseres Volkes. Oder die Fehlentwicklung der Weimarer Demokratie. Oder das Verderben, das durch die Juden kam. Aber alle diese Gedanken und Erkenntnisse sind verschwunden. Man darf noch nicht mal davon reden."

Stefanie erschrak. Und sie beschloss, auch nicht davon zu reden. Er hatte ja schon deutlich gemacht, dass es keinen Sinn hatte zu diskutieren. Klar: Der alte Mann hatte seltsame Ansichten. Aber sonst war er ein netter Großvater und Urgroßvater. Ändern würde sie ihn nicht.

Leoni kam über den Hof gelaufen.

„Da bist du, Mama! Ich habe dich gesucht!"

„Setz dich zu Uropa, Leoni, und nimm Muschi auf den Schoß. Die ist anscheinend zurzeit besonders anlehnungsbedürftig. Ich muss bügeln."

7

„Schlürf nicht so mit deiner Suppe!“, mahnte Stefanie ihre Tochter.

Paul fragte: „Wie war‘s denn heute im Kindergarten?“

„Schön. Ich habe mit Kai gespielt.“

„Mit Puppen?“, fragte Paul leicht verwundert.

„Nein, mit der Kugelbahn. Du, Papa!“

„Hm?“, machte der mit vollem Mund.

„Das Auto war da. Vorne an der Ecke.“

„Da sind öfter mal Autos. Welches meinst du denn?“

„Na, wo der Mann mir das Geld gegeben hat, für dich.“

Paul verschluckte sich fast. „Der Mann ... Hast du das Auto wiedererkannt?“

„Ja, weil da an der Seite, an der Tür, da war so was gemalt.“

Paul sprang auf und sagte zu Stefanie: „Ob uns der beobachtet? Vielleicht steht er ja noch da. Ich renne mal schnell hin.“ Er warf fast den Stuhl um und lief zur Tür. Da drehte er sich noch einmal um.

„Leoni, was war auf das Auto gemalt?“

„So zwei Räder. Solche mit Zacken drumrum.“

„Zahnräder?“

„Ja, Zahnräder. Eins war hier so ...“ Sie zeigte es mit der einen Hand in der Luft und deutete mit der anderen eine Position schräg rechts darunter an. „Und das kleinere hier.“

„Welche Farbe hatte das Auto?“

„Äh, so wie ... die Jacke von meiner Puppe.“

Als Paul ahnungslos guckte, erklärte Stefanie: „Hellblau.“

„Bin gleich wieder da!“ Er rannte los.

An der Ecke, die seine Tochter offenbar gemeint hatte, stand kein Auto. Auch sonst parkten an der Dorfstraße nur der Kombi des Bäckers und der rote VW von Hans Hebel, den kannte er. Eine Weile stand er unschlüssig da und sah sich um. Dann ging er in den Bäckerladen.

„Hallo, Liesbeth. Sag mal, hast du zufällig vor kurzem hier auf der Straße einen hellblauen PKW gesehen, mit einem Firmensignet an der Seite: zwei Zahnrädern?"

„Nee, Paul. Ich gucke aber auch nicht dauernd auf die Straße. Was hat's denn damit auf sich?"

„Ach, nichts Wichtiges. Nichts für ungut! Grüß Herbert von mir, wenn du dran denkst! Tschüss." Weg war er.

Zu Hause angekommen, informierte er seine Frau nur mit einem Kopfschütteln. „Schade", sagte die. „Hätte doch zu gerne gewusst, wer unser Wohltäter ist."

„Und weshalb er hier ... Vielleicht wollte er nachsehen, ob ich schon den Unimog gekauft habe."

„Nun iss erst mal fertig!"

Das tat Paul. Als sie fertig waren mit der Mahlzeit, ging er ans Telefon und blätterte im Telefonbuch.

„Wen willst du denn anrufen? Suchst du nach Zahnradfabriken?"

„Die Industrie- und Handelskammer. Da kenne ich den – Moment, jetzt fällt mir der Nachname nicht ein. Ich weiß nur noch, dass er Heinrich heißt ... es war so ein komischer Name ... irgendwas Schlimmes. Ah, jetzt weiß ich's wieder: Übler heißt er, Heinrich Übler."

Er fand die Industrie- und Handelskammer und ließ sich zu Herrn Übler durchstellen.

„Hallo, Heinrich! Hier ist Paul, Paul Born. Weißt du noch, wer ich bin? Na, prima! Ja, waren tolle Zeiten, ich denke gerne daran. – Du, Heinrich, du könntest mir einen Gefallen tun.

Kennst du eine Firma, oder kannst du sie ausfindig machen, die ein Emblem hat mit zwei Zahnrädern? Das größere oben und das kleinere schräg rechts darunter. – Das kann ich dir nicht sagen, ich habe es selbst nicht gesehen. – Da wäre ich dir dankbar. Ruf mich einfach an, wenn du was gefunden hast. Ich sage dir noch meine Nummer."

Das tat Paul, und dann legte er auf.

„Meinst du, er kann dir helfen?", fragte Stefanie.

„Er will's versuchen. Er hätte zwar gern Genaueres gewusst ..."

Das Telefon klingelte. Paul hob ab. „Na, das ging aber schnell, Heinrich!"

„Äh – das muss ein Irrtum sein. Hier ist kein Heinrich."

„Oh – entschuldigen Sie bitte! Ich erwartete einen Rückruf."

„Spreche ich mit Herrn Paul Born?"

„Ja."

„Hier ist das Bürgermeisteramt der Großgemeinde Pfalzhof. Einen Moment bitte, ich verbinde Sie mit Bürgermeister Buchner."

Es dauerte einige Augenblicke, dann meldete sich eine tiefe Stimme. „Herr Born? Buchner hier. Haben Sie ein paar Minuten, Herr Born?"

„Natürlich, Herr Buchner."

„Wir sind uns schon mal begegnet. Ich weiß nicht, ob Sie sich erinnern."

„Aber ja. Ich kenne Sie von verschiedenen öffentlichen Veranstaltungen. Voriges Jahr – nein, es war schon vor zwei Jahren – hatte ich den neuen Brunnen gestaltet. Da habe ich beim anschließenden Festbankett neben Ihnen gesessen."

„Beziehungsweise ich neben Ihnen. Bei so einem Anlass sitzt nicht der Künstler neben dem Bürgermeister, sondern der Bürgermeister neben dem Künstler. Auch ich erinnere mich gut daran. Und das ist auch der Anlass, weshalb ich anrufe. Unser Stadtrat hat beschlossen, eine kleine Gedenkstätte zu errichten für die jüdischen Mitbürger unserer Gemeinde, die während des sogenannten Dritten Reiches verschleppt wurden und umgekommen sind. Es ist ja reichlich spät dafür, zugegeben, aber unsere Vorgänger hatten dafür wohl kein Interesse. Nachdem nun aber mehrfach aus der Bürgerschaft Anträge kamen, Anregungen, Vorschläge, manche wütend fordernd, andere mit höflicher Zurückhaltung, haben wir uns dazu entschlossen. Wenn die Recherchen meines Büros richtig sind, müssen es dreiundzwanzig Personen sein. Wir stellen uns eine lichte, offene Anlage vor, mit einer Gedenktafel, auf der die Namen stehen. Aber das Ganze soll natürlich künstlerisch gestaltet sein. Alle im Stadtrat fanden es naheliegend, damit einen Künstler aus unsrer Gemeinde zu beauftragen. Zumal Sie mit dem Brunnen ja schon einen Beweis Ihres Könnens abgeliefert haben."

„Es würde mich freuen, wenn ich den Auftrag bekäme."

„So ganz einfach ist es natürlich nicht. Wir müssen auch noch andere Künstler fragen, uns Entwürfe vorlegen lassen und über den Preis reden."

„Dass wir über den Preis reden müssen, ist klar. Aber mit einem Entwurf ist das nicht so einfach. Sie wissen vielleicht noch, wie meine Arbeitsweise ist, Herr Buchner. Am Brunnen kann man das auch sehen. Ich suche große Steine – meistens im Steinbruch, manchmal auch mit besonderer Genehmigung in Bachbetten. Wenn die eine Besonderheit aufweisen, die ich herausarbeiten kann, lasse ich die so zur Geltung kommen, wie es von der Natur vorgegeben ist. Ich kann Ihnen also einen Entwurf der Gesamtanlage vorlegen, wenn ich das Gelände gesehen habe. Aber den Stein muss ich erst noch suchen."

„Hm, ja, verstehe. Vielleicht, Herr Born, sollten Sie mal zu einer Sitzung unseres Stadtrates kommen und Ihre Vorstellungen grob skizzieren."

„Ja, gern. Nennen Sie mir einen Termin!"

„Nun, Sie müssen sich ja erst mal Gedanken machen. Es eilt ja auch nicht. Die Informationen, die Sie brauchen, bekommen Sie von unsrer Sekretärin. Auch mit Herrn Eberhard Blei vom Geschichtsverein können Sie sprechen, er ist mit der Sache schon länger befasst. In einigen Tagen sollten wir noch mal telefonieren und einen Termin ausmachen."

„Einverstanden. Ich sehe mir den Platz an, suche einen geeigneten Stein und mache mir Gedanken. Und im Übrigen warte ich auf Ihren Anruf."

„So machen wir's. Auf Wiederhören, Herr Born."

„Auf Wie... ach, noch etwas, Herr Buchner. Die Namen der Juden aus unserem Ort, die umgekommen sind – haben Sie die aus so einer Art Einwohner-Melderegister?"

„Ja. Aber es sind auch welche dabei, von denen wir nicht wissen, ob sie wirklich umgekommen sind. Klar ist nur, dass sie verschleppt wurden. Es hat sich da jemand viel Mühe gemacht, die Namen zusammenzutragen."

„Kann es sein, dass auch Juden irgendwo versteckt waren, die nicht erfasst sind? Weil sie gar nicht in unserer Gemeinde gemeldet waren, aber eben hier Zuflucht gefunden haben?"

„Natürlich kann das sein. Aber woher sollen wir dann ihre Namen kennen? Ich weiß nicht, ob das vom künstlerischen Standpunkt aus geht, aber vielleicht können Sie die Namen auf der Tafel oder dem Stein so anordnen, dass man Namen nachtragen kann, falls später noch welche bekannt werden."

„Ich fürchte, das wird nicht gehen, vom ästhetischen Gesichtspunkt aus ... Ein leerer Platz ..."

„Machen Sie's, wie Sie denken. Sie verstehen mehr davon. Sie entschuldigen mich, Herr Born, ich habe gleich einen wichtigen Termin."

„Klar, es ist ja auch das Wichtigste besprochen. Auf Wiederhören!"

8

Stefanie hatte die nächste Eintragung im Tagebuch schon einmal durchgelesen und sich Notizen gemacht. So konnte sie besonders schwer zu entziffernde Stellen flüssig vorlesen. Ein wenig spielte auch die Neugier mit. Sie hatte keine Geduld, zu warten, bis Paul Zeit hatte, zuzuhören.

14. August 1941

Wir kamen beide fast gleichzeitig auf den Gedanken. Als uns Elisabeth erzählte, dass die Heidelbeeren reif seien, sie aber keine Zeit habe, welche zu pflücken, sagte ich: „Aber wir!“ Und Aaron ergänzte: „Wir müssen unbedingt mal hier raus! Man wird ja verrückt, wenn man so lange eingesperrt ist. Und da ist das Heidelbeerpflücken ideal! Im Wald sucht uns keiner. Und wenn doch mal ein Wanderer oder ein Pflücker kommt, weiß er ja nicht, wer wir sind. Gefährlich ist es, wenn uns jemand im Hof sieht. Jeder im Dorf weiß, dass wir nicht hierhingehören. Aber im Wald …“

„Wir verlassen den Hof morgens bei Dunkelheit und kommen erst spätabends wieder“, ergänzte ich. „Dann kann gar nichts passieren.“

Nach einigem Zögern stimmte Elisabeth zu. „Gut. Ich bringe euch heute Abend noch etwas zu essen, das ihr morgen mitnehmen könnt. Und Gefäße für die Beeren.“

„Ja!“, sagte Aaron begeistert. „Mehrere Eimer! Wenn wir den ganzen Tag pflücken, kommt eine Menge zusammen.“

Elisabeth beschrieb uns sehr genau, wo wir ergiebige Heidelbeerfelder finden könnten. Sie hatte Erfahrung aus früheren Jahren.

Wir hatten keinen Wecker, aber wir waren am nächsten Morgen schon wach, ehe der Hahn krähte. Vorsichtig stiegen wir die Leiter hin-

unter und schlichen uns vom Hof. Während wir zu dem beschriebenen Wald unterwegs waren, begann es langsam hell zu werden, sodass wir, als wir ankamen, sofort mit dem Pflücken beginnen konnten. Tatsächlich schimmerte hier sehr viel Blau zwischen den kleinen grünen Blättern, der Tag versprach eine reiche Ernte.

Aber unsere anfängliche Begeisterung überstieg deutlich unsere körperlichen Fähigkeiten. Wir waren diese Arbeit nicht gewohnt. Bald tat mir der Rücken weh, und ich konnte nur noch kniend oder im Sitzen pflücken. Bald gab es auch blaue Flecken auf meinem Rock. Aber – was machte das schon! Es sollte uns ja sowieso niemand sehen.

Zweimal kamen Menschen vorbei: Ein älterer Herr mit Hund machte wohl einen Spaziergang. Wir nickten grüßend. Und eine Frau in etwa meinem Alter kam auch mit einer Milchkanne. Anscheinend kannte sie noch ein anderes Gebiet mit vielen Heidelbeeren, denn als sie uns sah, meinte sie wohl, wir hätten hier unseren Claim abgesteckt, und ging weiter.

Als die Sonne hoch am Himmel stand, machten wir Mittagspause. Wir aßen das Brot, das uns Elisabeth mitgegeben hatte, tranken Wasser aus einer zweckentfremdeten Bierflasche und bewunderten mit einem Blick in den Eimer unseren bisherigen Erfolg.

Nach kurzem Dösen – auf dem weichen Waldboden mit Fichtennadeln und Ameisen liegend – machten wir uns wieder ans Werk.

Dabei kamen wir zu einem dicht mit Sträuchern bewachsenen Hang, der zu einem kleinen Bach abfiel, eher einem Rinnsal.

Plötzlich hörten wir aus einiger Entfernung das hohe Geschrei von Kinderstimmen. Wir richteten uns auf – froh, mal das Kreuz strecken zu können – und lauschten. Es kam auf uns zu und wurde immer lauter.

Da sprangen einige Jungen aus dem Wald – nicht direkt auf uns zu, aber so, dass sie wohl nahe bei uns vorbeikommen mussten. Hitlerjungen offenbar, denn sie trugen alle die gleichen Hemden mit Halstüchern. Sie waren so zwischen acht und elf Jahren alt, schätzte ich. Zunächst waren es sechs oder sieben. Als sie den Bach erreicht hatten, sprangen sie hinüber und blieben keuchend stehen. Uns schienen sie gar nicht zu bemerken. Dann folgte noch ein Pulk von fünf Jungen, danach noch ein paar einzelne.

Sie alle sprangen über den Bach und schauten, nachdem sie teilweise gebückt Atem geschöpft hatten, zurück, wer da noch kommen sollte.

Tatsächlich kamen noch zwei Jungen völlig entkräftet angerannt und zum Schluss ein kleiner, vielleicht acht Jahre alt. Er konnte kaum noch. Er war auch etwas pummelig und offenbar nicht sehr sportlich.

Als die Gruppe jenseits des Baches ihn beobachtete, wie er kraftlos angestolpert kam, schrien sie ihm laut entgegen. Das Stimmengewirr war aber so durcheinander, dass wir nichts verstehen konnten.

Der Junge wurde immer langsamer und blieb etwa zwanzig Meter vor dem Bach stehen. Die andern brüllten. Allmählich konnten wir einiges von ihrem Geschrei verstehen. „Komm her, Feigling!", „Karlchen ist der Letzte!", „Karlchen ist der Jude!".

Der Jude? Was hatte das zu bedeuten?

Einige größere Jungen sprangen wieder über den Bach zurück und ergriffen das Kind, das offenbar Karlchen hieß. Unter dem Gejohle der anderen führten sie Karlchen zu einem Baum, stellten ihn davor, bogen seine Arme nach hinten und fesselten sie mit einem Bindfaden. Der Junge weinte.

Jetzt schritt einer der Größeren die Entfernung ab: zehn Schritte von dem Baum mit dem Gefesselten. Sie zogen einen Strich mit den Schuhen in den Boden, andere legten Äste dazu. Unter wildem Geschrei holten nun die Jungen mit den Händen Schlamm aus dem Bach, stellten sich an der Grenzlinie auf und bewarfen Karl damit. Dabei schrien sie: „Jude! Jude! Karlchen ist unser Jude. Gebt es ihm!"

Karlchen wurde von dem Schlamm überall getroffen, auch im Gesicht. Er heulte, aber nicht laut.

Ich sah Aaron an und bemerkte, wie sein Gesicht vor Zorn rot wurde. Nach den ersten Sekunden, die er brauchte, um zu verstehen, was hier geschah, rannte er los.

„Was macht ihr da?", rief er. „Aufhören! Hört sofort auf!"

Die Jungen waren im ersten Augenblick erschrocken, dass sich da ein Erwachsener einmischte. Aber dann protestierten sie: „Es ist ein Spiel!", „Er war der Letzte, also ist er der Jude!", „Das muss er sich gefallen lassen!". Andere sagten gar nichts, bewarfen den Kleinen nur fleißig weiter.

Mir schwante Unheil, und ich rannte hinter Aaron her. Der riss gerade einen der größeren Jungen zurück, der im Begriff war, einen Dreckklumpen zu werfen, in den er einen Tannenzapfen eingeknetet hatte. Aber der Junge entwand sich seinem Griff und warf schnell, ohne jedoch zu treffen. Dafür trafen andere. Es war unmöglich, diese wild gewordene Schar von fünfzehn oder zwanzig Jungen zu bändigen.

„Warum soll er denn ein Jude sein?", fragte Aaron hilflos. Einer antwortete hämisch grinsend: „Na ja, über einen Juden können wir uns hermachen. Der hat es verdient."

„Habt ihr kein Mitleid mit Karlchen?"

„Mitleid? Wieso? Er war der Letzte. Schwächlinge wollen wir sowieso nicht bei uns haben."

Da lief Aaron zu dem Baum mit dem Jungen. Was sollte das? Mir stockte der Atem. Aaron stellte sich vor Karlchen, blitzte die anderen Jungen zornig an und rief: „Ich bin Jude! Bewerft mich!"

Es wurde mit einem Mal still. Einen Erwachsenen mit Dreck zu bewerfen, trauten sie sich anscheinend nicht. Das war wohl auch Aarons Plan. Einige Jungen traten etwas zurück und wirkten verlegen, andere kneteten weiter an ihren Wurfgeschossen. Es sah so aus, als würden sie nach dem ersten Zögern doch auf diesen Mann werfen wollen, der ihnen den Spaß verdarb.

Aaron winkte mir. Ich verstand, was er wollte. Ich lief hin, knotete Karlchens Fesseln auf und führte den immer noch weinenden Jungen zum Bach. Dort half ich ihm, sich einigermaßen sauberzumachen, soweit das möglich war.

„Was wollen Sie?", schrien einige der Jungen. „Es geht Sie gar nichts an, was wir spielen!"

„Ihr spielt nicht! Ihr fügt Karlchen Schaden zu. Selbst wenn ihr ihn nicht verletzt ... ihr beleidigt ihn, ihr erniedrigt ihn!“

„Er ist so ein Waschlappen, den kann man gar nicht erniedrigen.“

Ein anderer Junge rief: „Aber wenn Sie unbedingt der Jude sein wollen – das können Sie haben!“ Und er warf einen Kiefernzapfen nach Aaron.

Es war ein Test. Sie rechneten damit, dass er sich jetzt aus der Schusslinie zurückziehen würde. Das tat er aber nicht, und das wiederum ermutigte andere, auch zu werfen.

„Schluss jetzt!“

Am Waldrand erschien ein junger Mann, vielleicht neunzehn oder zwanzig Jahre alt. Da er genauso wie die Jungen gekleidet war, nur statt einer kurzen eine lange Hose trug, musste er wohl der Gruppenleiter sein. Er kam heran.

„Stillgestanden!“

Die Jungen rührten sich nicht und ließen ihre Wurfgeschosse fallen. Der junge Mann wandte sich an Aaron.

„Ich muss mich entschuldigen für meine wilde Bande. Manchmal kennen sie die Grenzen nicht.“ Dann wandte er sich an die Schar. „Erich, Dankmar, Detlef! Ihr helft der Dame, Karlchen sauberzumachen. Die anderen zurück ins Lager! Aber zack, zack!“

Alles funktionierte reibungslos. Der junge Mann kam auf Aaron zu und reichte ihm die Hand. „Heinze mein Name. Ich leite die Gruppe. Wir haben hier in der Nähe ein Zeltlager.“

„Schimmel.“

„Angenehm. Meine Anerkennung für Ihren Mut einzugreifen. Obwohl es nicht nötig gewesen wäre.“

„Nicht nötig? Der arme Junge kann einen Knacks fürs ganze Leben kriegen, wenn andere ihn so fertigmachen.“

„Was uns nicht umbringt, macht uns stark!“, schnarrte der junge Mann. Es klang auswendig gelernt. „Und wenn er das nicht vertragen kann, dann passt er nicht in unsere neue Gesellschaft.“

Mir kam die Galle hoch bei diesen hochnäsigen Worten aus dem Mund eines Schnösels, der noch kaum etwas vom Leben erfahren haben konnte. Ich hoffte inständig, Aaron, der sicher ähnlich empfand wie ich, würde sich beherrschen.

„Und mutig von Ihnen, sich als Jude zu bezeichnen!", sagte der Herr Heinze. „Ich hab's gehört, von da oben."

„Warum ist das mutig?" Aaron bebte innerlich, das konnte ich sehen, aber er sprach mit beherrschter Stimme.

„Warum? Na, wer will schon freiwillig ein verdammter Jude sein!"

„Kennen Sie einen Juden persönlich?"

„Gott sei Dank nicht! Ich will auch keinen kennenlernen."

„Woher kommt dann Ihr negatives Urteil?"

Ich hielt die Luft an. Aaron redete sich um Kopf und Kragen!

Der Gruppenleiter lachte laut. „Das klingt ja jetzt, als wollten Sie die Juden verteidigen! Aber Scherz beiseite – tut mir leid, dass Sie als harmloser Beerenpflücker so in diese Schlammschlacht geraten sind. So, jetzt muss ich aber ... Na, Karlchen! Alles einigermaßen sauber? Nun hör auf zu heulen! Ein echter Kerl heult nicht! Läufst halt nächstes Mal etwas schneller, dass ein anderer der Jude wird."

Damit wandte er sich um und verschwand. Die vier Jungen folgten ihm.

Ich ging, als sie verschwunden waren, zu Aaron und legte ihm den Arm um die Schulter. „Aaron! Warum hast du das getan? Du hast mit dem Feuer gespielt!"

„Ich konnte nicht anders, Rebekka. Ich war so voller Wut, ich konnte nicht anders. Am liebsten hätte ich ... na, ich hab mich beherrscht. Tut mir leid, dass ich dir Angst eingejagt habe. Und dich in Gefahr gebracht! Das fällt mir erst jetzt ein."

„Uns beide."

„Ja. Komm, wir pflücken weiter! Dieses Eimerchen sollte auch noch voll werden."

Es zeigte sich: Heidelbeeren pflücken war der beste Weg, innerlich zur

Ruhe zu kommen. Man musste sich nicht so auf die Arbeit konzentrieren und konnte seinen Gedanken nachhängen. Das tat ich, bis die stürmische See in mir sich allmählich zu einem sanften Wellengang abgeschwächt hatte.

Als die Sonne sank, machten wir uns auf den Heimweg. Wir sprachen nicht mehr über das Erlebnis. Wahrscheinlich schwieg jeder von uns mit Rücksicht auf den anderen. Was gab es auch zu reden? Ändern konnten wir nichts an dem „neuen Geist", der da im Land herrschte und der sogar den Kindern eingeimpft wurde. Was sollte daraus noch werden? Was sollte aus uns Juden werden?

Als Elisabeth später kam, überreichten wir ihr stolz unsere Ernte und erzählten kurz, was geschehen war. Sie war erschrocken und bestand darauf, dass wir zukünftig in unserem Versteck bleiben sollten.

9

Stolz fuhr Paul mit dem Unimog auf den Hof. Wie ein übermütiges Kind hupte er immer wieder. Stefanie kam heraus.

„Das ist also das Objekt deiner Träume!"

Paul sprang aus dem Führerhaus. „Ein Schnäppchen! Sechzigtausend, wie schon im vorigen Jahr ausgemacht."

„Sechzigtausend – und da sprichst du von Schnäppchen?"

„Das muss man relativ zum Gegenwert sehen. Es wäre auch ein Schnäppchen, wenn ich die Daimler-Benz AG für zehn Millionen ... aber was rede ich, du machst dich nur über mich lustig."

„Er ist also so viel wert, dieser zu kurz geratene LKW?"

„Allerdings! Mit dem Ladekran hier kann ich zwei Tonnen heben. Und hier – eine kräftige Seilwinde."

„Da wird mir doppelt schwindelig. Einmal beim Gedanken an die sechzigtausend Mark und dann bei dem Gedanken, wie du die tonnenschweren Steine durch die Luft schwenkst."

„Dreizehntausend hatte ich dafür angespart. Plus die geschenkten fünfundzwanzigtausend ergibt achtunddreißigtausend. Die restlichen zweiundzwanzig stundet er mir, zu günstigen Zinsen. Ich denke, dass ich sie ihm bald abbezahlen kann, spätestens im nächsten Jahr. Ich habe auch schon jemanden, der sich den Unimog gelegentlich gegen Vergütung bei mir ausleihen will."

„Sieht noch ganz gut aus für gebraucht."

„Allerdings."

Sein Großvater kam auf den Hof. „Ah – das ist wohl das gute Stück, von dem du schon so lange redest? Ein Unimog."

„Kennst du so etwas, Großvater?"

„Allerdings. Als mein Vater in den letzten Jahren unbedingt noch die Landwirtschaft betreiben wollte, obwohl er kaum noch konnte, und ich ihm helfen musste, da habe ich ihm geraten, einen Unimog zu kaufen. Nicht genau so einen natürlich, ein älteres Modell. Damit konnte man viel besser die Produkte zum Markt oder die Kartoffeln zu den Stammkunden bringen. Und für das wenige, das man damit in der Landwirtschaft nicht machen konnte, hatten wir ja noch den alten Traktor. Aber dein Urgroßvater wollte lieber einen neuen Traktor kaufen. Warum? Weil er fürchtete, wenn es noch einmal Krieg geben sollte, würden sie so ein Geländefahrzeug für die Armee einziehen. Dabei hatte die Bundesrepublik damals noch gar keine Armee. Manchmal war er wirklich ein bisschen realitätsfremd, dein Urgroßvater. Womit ich nichts gegen seine Frömmigkeit gesagt haben will."

„Und da habt ihr den Traktor gekauft, mit dem ich immer meine Steine aus den Steinbrüchen geholt habe?"

„Ja. Der ist nun auch schon ein paar Jahrzehnte alt. Was hast du denn für den Unimog bezahlt?"

„Sechzigtausend. Das heißt, die habe ich noch nicht bezahlt. Zweiundzwanzig muss ich noch aufbringen."

„Verkauf doch den alten Traktor, den brauchst du ja jetzt nicht mehr. Und was dann noch fehlt, schenke ich dir."

„Wirklich, Großvater? Hast du denn so viel Geld?"

„Mach dir darüber keine Sorgen! Aber eine Bedingung habe ich: Fahre mal eine Runde mit mir mit dem neuen Prachtstück! Und lass mich auch mal ans Steuer!"

„Gern. Komm, das machen wir gleich!"

Die beiden Männer stiegen auf – der alte mit Hilfe seines Enkels –, und dann fuhren sie los. Stefanie schaute kopfschüttelnd hinterher. Erst lenkte Paul, bis sie draußen im freien Gelände waren. Dann wechselten sie.

Harald Born hatte eine kindliche Freude, über Feldwege und

Brachland zu brettern. Paul ahnte zunächst nicht, was dabei im Kopf seines Großvaters vorging. Der kam sich vor wie im Krieg, wo er so ähnlich im Kübelwagen durch die ukrainische Landschaft gebraust war. Es hatte etwas Erhebendes, so Kilometer um Kilometer zu fressen, ohne auf Straßen achten zu müssen, einfach querfeldein. Plötzlich war wieder etwas da von der alten Zeit. Herrlich!

„Übertreib es nicht, Großvater!"

„Nein, nein. Es macht Spaß!" Er brauste durch einen leichten Graben, und als er auf einer sandigen Fläche eine Kurve fuhr, rutschte das Gefährt hinten weg.

„Wäre schade um uns beide, wenn das Ding umkippen sollte. Und um den Unimog auch."

„Gelernt ist gelernt. Kannst dich auf mich verlassen."

„Gelernt? Ich denke, du hattest damals nur den langsamen Traktor."

Harald antwortete nicht auf diese Bemerkung. Aber nach einigen Augenblicken kam Paul von selbst darauf, was gemeint war und bei welcher Gelegenheit sein Großvater so etwas gelernt hatte.

„Na schön", sagte er. „Du lässt ihn nicht umkippen. Aber denk auch an deine Wirbelsäule!"

„Schon gut, Junge." Der Alte verlangsamte das Tempo und bog schließlich auf eine schmale Asphaltstraße ein. „Wollte nur mal wieder ... Danke, dass du mich hast fahren lassen!"

„Wenn ich damit den Dank für deinen finanziellen Zuschuss ausdrücken kann – gerne mal wieder!"

„Ist nicht nötig. Jedenfalls vorläufig nicht. Wenn die eingeschlafenen Erinnerungen wachgerufen sind, muss man sie nicht täglich neu wecken."

Sie fuhren auf den Hof. Harald wollte aussteigen, aber er zuckte zusammen bei dem Versuch.

„Oh – mein Kreuz! Ich glaube, du hattest recht, mein Junge. Ich fürchte, du musst mir herunterhelfen."

Der Enkel kam um das Fahrzeug herum und stützte ihn. Harald brummte: „Wenn ich mich auch in Geist und Gemüt jung fühle, erinnert mich mein Körper immer wieder mal, dass das ein Irrtum ist."

Paul wollte ihn auf dem Weg über den Hof zu seiner Wohnung begleiten, aber das lehnte sein Großvater energisch ab.

„Geht schon! Nein, nein, lass nur, es geht allein."

Thea erschien in der Tür. „Wo bleibst du denn, Vater? Das Essen ist längst fertig."

„Wir haben noch einen kleinen Ausflug gemacht", erklärte Harald mit leuchtenden Augen und in gebeugter Haltung.

In die Vergangenheit, ergänzte Paul in Gedanken.

Er hörte, wie seine Mutter zu ihrem Vater sagte: „Ich komme gleich." Dann kam sie herüber und holte Paul ein, der gerade seine Wohnung betrat.

„Paul, hast du Vater ..."

„Komm rein, Mutter!"

Sie schaute sich um, ob sie Leoni irgendwo entdeckte. Als das nicht der Fall war, sie nur Stefanie am Herd stehen sah, fragte sie: „Du hast hoffentlich Vater nichts von dem Denkmal erzählt?"

„Wieso?"

„Stefanie hat mir berichtet von dem Auftrag. Ein Denkmal für die getöteten Juden! Das musst du ablehnen!"

„Ablehnen? Warum denn das?"

„Das ... das ... bitte, Paul, mach das nicht!"

„Verstehe ich nicht! Außerdem kann ich es mir nicht leisten, einen solchen Auftrag abzulehnen, der nicht nur meine Kasse, sondern hoffentlich auch meinen künstlerischen Ruf verbessert."

Stefanie mischte sich ein.

„Mutter meint, weil Großvater ... na ja, er pflegt immer noch das alte Feindbild von den Juden. Die an allem Elend schuld sind. Und nun will sein eigner Enkel ..."

„Es ist ja nicht nur, dass er seine alten Vorurteile aus der Nazizeit pflegt", sagte Thea. „Da könnte man sich drüber hinwegsetzen."

„Sondern?"

„Er ist ... persönlich ... wie soll ich sagen? Es ruft etwas in ihm wach ..."

„Ah ..." Paul starrte sie an. „Die Familie Schimmel! Die waren ja hier. Wir haben das Tagebuch noch nicht fertig gelesen. Wie endet die Geschichte? Tragisch? Und ist Großvater daran beteiligt?"

Thea nickte.

„Und du willst sein Gewissen schonen?"

„Ach ... Gewissen ... Ich weiß nicht. Aber ich weiß, dass es ihn ungeheuer aufregen würde. Er könnte es nicht verkraften, es könnte seinen Tod bedeuten. Zumindest wäre Unfriede im Haus bis zu seinem Ende. Das will ich ihm nicht zumuten und mir auch nicht. Bitte, Paul!"

„Nein, Mutter, ich werde das Denkmal schaffen! So gerne ich auf Großvater Rücksicht nehme bei anderen Dingen – hier kann ich es nicht. Er liegt falsch mit seinen Ansichten. Sachlich falsch, und moralisch erst recht. Das können wir andern in der Familie doch nicht einfach stillschweigend übernehmen, nur, um ihn nicht zu ärgern! Nein, niemals!"

„Du weißt nicht, wie tief er noch in diesem Denken drinhängt! Er verschweigt es zwar meistens, weil er weiß, dass er ziemlich allein dasteht. Er hält sich mit seinen ... ja, man muss es so sagen, seinen antisemitischen Äußerungen zurück. Aber innerlich ist er nie davon abgerückt, geschweige denn, dass er das als Schuld erkannt hätte. Glaube mir, ich kenne ihn sehr gut."

Alle drei schwiegen.

Als Thea merkte, dass ihr Sohn ihr keinen Schritt entgegenkommen würde, sagte sie: „Tut mir wenigstens den Gefallen, ihm nichts davon zu erzählen. Vielleicht entgeht es ihm ja. Er bekommt ja auch sonst nicht mit, was du arbeitest."

„Meinetwegen", nickte Paul. „Wenn du es möchtest ..."

„Danke, mein Junge! Ich muss gehen, sein Essen warmmachen. Das ist sicher inzwischen kalt geworden."

10

Paul parkte seinen Mazda – nicht den Unimog, den würde er erst später brauchen – vor dem Steinbruch und stieg aus. In dem Gebäude vorn am Eingang des Geländes saß der einzige Mensch, der heute, am Samstag, hier war. Paul meldete sich bei ihm.

„Guten Tag. Paul Born ist mein Name. Ich hab mit dem Chef gesprochen. Darf mir einen Stein aussuchen von den großen Blöcken."

„Ich weiß Bescheid. Sie waren auch schon mal hier, stimmt's?"

„Ja. Ist aber schon länger her. Sonst suche ich für meine Arbeiten Material in Steinbrüchen, die näher liegen. Das ist einfacher und billiger. Aber diesmal habe ich da nichts Passendes gefunden."

„Gehen Sie nur rein! Ich kann Ihnen aber nicht helfen. Bin nur die Wache, damit keine Kinder auf den Maschinen spielen und niemand Dieselöl aus dem Tank klaut – ist alles schon vorgekommen."

„Tatsächlich?"

„Allerdings! Menschen gibt's! Aber den letzten haben wir erwischt. Seitdem will der Chef, dass auch am Wochenende immer einer hier ist. Ich erledige dabei Schreibarbeiten. Aber Sie können natürlich an normalen Arbeitstagen kommen. Die großen Blöcke liegen nicht da, wo gesprengt wird oder wo es sonst gefährlich ist."

„Ich weiß. Aber ich komme gern, wenn nicht gearbeitet wird. Bei dem Krach kann ich nicht hören, wie sich ein Stein anhört."

„Anhört?"

„Ich wähle nicht nur nach dem Aussehen eines Steins. Ich

muss auch in ihn hineinhorchen." Paul hob dabei einen Hammer hoch.

Das war für den Mann völlig unverständlich, aber da es ihn auch nicht interessierte, fragte er nicht weiter.

„Da rechts sind die Blöcke. Große und kleine. Aber Sie wollen den sicher nicht in der Hosentasche nach Hause tragen, wenn Sie einen gefunden haben, der sich schön anhört?"

„Nein", lachte Paul, „ich hole den dann später."

Er ging die Zufahrt entlang, über die sonst die schweren LKW mit dem Schotter fuhren, und kletterte über ein Geröllfeld. Dahinter kam die Stelle, bei der die Arbeiter die dicken Brocken aufgehäuft hatten, die ihnen schön genug erschienen, wenn die Sprengung sie aus ihrem Jahrmillionen alten Bett gerissen hatte. Kniehohe, hüfthohe, mannshohe Blöcke lagen da, teils bläulich schimmernd, teils hellgrau, manche mit andersfarbiger Maserung oder mit verschiedenen Einschlüssen aus anderem Material.

Pauls Herz jubelte. Diese Einschlüsse waren es, derentwegen er in diesen Steinbruch gekommen war. Er hatte da so eine Idee. Es gab manchmal im Gestein Linien der Sedimente, die durch einen Fremdkörper auseinandergedrängt wurden, danach aber wieder zusammenliefen. In einer der letzten Nächte hatte er halb schlafend, halb wachend eine geschliffene Steinfläche vor sich gesehen, in der so etwas zu erkennen war. Konnte das nicht eine wunderbare Symbolik sein für die verschiedenen Menschengruppen – in seinem Fall also Juden und Nichtjuden –, die gewaltsam getrennt wurden, aber nun wieder zusammenfinden sollten?

Er liebte solche Symbolik und arbeitete gerne damit.

Natürlich war ihm auch klar, dass viele Betrachter seiner Skulpturen das nicht verstanden. Aber ihm schienen solche Aussagen, die die Natur selbst machte und die man nur nachvollziehen und eventuell verstärken musste, besonders kraftvoll.

Paul kletterte zwischen den Steinblöcken herum, nahm jeden sorgfältig in Augenschein, klopfte auch bei dem einen oder anderen mit dem Hammer daran und hörte auf den Klang.

Welch bizarre Formen manche Steine hatten! Hier erkannte er den Kopf eines bärtigen alten Mannes, dort eine gewaltige Schildkröte oder einen überdimensionalen Frosch, an anderer Stelle wieder die Faust eines Riesen, die noch den Griff eines abgebrochenen Werkzeugs umklammerte, allerdings mit nur drei Fingern – aber wer wusste schon, wie viele Finger Riesen hatten –, oder einen Kanonenofen, wie man sie früher hatte, mit einem seitlichen Ansatz für das Ofenrohr.

Er erinnerte sich an die Anekdote, die man sich von Michelangelo erzählte. Auf die Frage, wie er sein Kunstwerk, den David, geschaffen habe, soll er gesagt haben: David war schon drin im Stein. Ich habe nur beseitigt, was nicht zu ihm gehörte. Wahrscheinlich war die Geschichte erfunden, weitererzählt und schließlich dem großen Bildhauer zugeschrieben worden. Nachprüfen ließ sich das wohl kaum noch.

Paul arbeitete anders als Michelangelo. Nicht dass er sich mit ihm ernsthaft vergleichen wollte! Einen David oder Ähnliches hätte er nie fertiggebracht! Aber an diesem Punkt ging er weiter als der große Renaissancemeister aus Florenz: Er wollte noch mehr darauf achten, was „schon drin“ war im Stein. Und das sichtbar machen. Und zwar ohne zu viel wegzuschlagen. Er wollte dem Stein nicht eine Figur aufzwingen, die willkürlich war, so, als könne man auch jede beliebige andere Skulptur daraus machen. Er wollte schauen und spüren, was der Stein zeigte, und dies mit spärlicher Bearbeitung für alle sichtbar machen.

Doch je länger er suchte, desto enttäuschter wurde er. Es gab viele interessante und schöne Steine. Aber bei keinem hatte er spontan den Eindruck: Der ist es! Er kannte diese beglückende Erfahrung von früheren Projekten. Hier aber blieb sie aus.

Er kehrte um und wollte noch einmal systematisch jeden Stein betrachten. Da blieb sein Blick an einem riesigen Block hängen, den er bisher nicht beachtet hatte, weil er ihm zu groß erschien. Er hatte unter den Ein-Meter-Steinen gesucht, sie könnten auch etwas größer sein. Dieser aber war größer als Paul selbst. Fast wie ein Hinkelstein von Obelix, nur flacher. Den würde er nicht mit dem Unimog holen können, da müsste er einen Kranwagen bestellen.

Aber der Stein ließ schon von außen erkennen, was er sich vorgestellt hatte. Die Vorderseite war einigermaßen flach, sodass er durch Abschlagen und Schleifen eine wunderschöne glatte Fläche herstellen konnte. Und mittendrin – nicht genau in der Mitte, etwas nach unten links versetzt – ein Einschluss, groß wie ein menschlicher Kopf. Heller als der übrige Stein. Allerdings würde sich erst nach der Bearbeitung zeigen, wie der Fremdkörper darin wirklich aussah.

Das war der richtige Fund!

Dass das Denkmal groß werden würde, war ja kein Fehler. Der Aufwand war größer, aber sicher in der Zeit, die ihm zur Verfügung stand, zu bewältigen.

Begeisterung ergriff Paul. Am liebsten hätte er gleich angefangen. Aber das ging nun leider nicht.

Nachdem er noch einmal um den Block herumgegangen war, ihn genau betrachtet, an verschiedenen Stellen mit dem Hammer geklopft und gelauscht hatte, stand fest: Dieser Stein würde das Denkmal werden.

Er nahm wasserfeste Kreide aus der Tasche und schrieb auf den Block: „Vorbestellt von Paul Born. Wird in den nächsten Tagen abgeholt."

Der Wachmann im Gebäude am Tor schaute auf, als Paul näher kam. Er öffnete das Fenster.

„Na, sind Sie fündig geworden?"

„Den idealen Stein habe ich entdeckt! Er ist an die zwei Meter hoch. Sie können ruhig meine Taschen durchsuchen – ich habe ihn noch liegen gelassen.“

„Ich glaub‘s Ihnen auch so“, lächelte der Mann.

Paul bückte sich diesmal nicht wie beim Hereinkommen unter der Schranke durch, die die Einfahrt versperrte. Er legte eine Hand darauf und schwang sich hinüber. Seine Stimmung hatte sich verändert. Ihm war mehr nach Fliegen als nach Bücken zumute.

11

23. September 1941

Ein Tagebuch sollte ja, wie der Name sagt, täglich geführt werden. Das tue ich nicht. Es passiert auch zu wenig, das es wert wäre, festgehalten zu werden. Ein Tag gleicht dem anderen.

Das Wetter wird jetzt angenehm. Im Sommer haben wir unter der Hitze hier oben gelitten. Jetzt erleben wir einen angenehmen Zwischenzustand, bevor die große Kälte kommt. Ob wir die überstehen?

Dass heute der 23. September ist, haben wir selbst ausgezählt, mit Beistiftstrichen an einem Dachbalken. Wie in einem Gefängnis. Alle paar Wochen lassen wir uns von Elisabeth bestätigen, ob unsere Zählung noch stimmt.

Beim Nachlesen meiner bisherigen Notizen fällt mir auf, dass ich unsere „Wohnverhältnisse“ noch nicht genauer beschrieben habe. Wir haben zwei Sitzgelegenheiten, einen Melkschemel, den Borns wohl nicht mehr zu diesem Zweck gebrauchen, und einen alten, aber sehr bequemen Stuhl mit Rückenlehne und Armlehnen. Er muss wohl noch aus dem vorigen Jahrhundert stammen. Der grüne Stoffbezug ist abgeschabt und an einer Stelle eingerissen, und wenn man sich zurücklehnt, ächzt er, als wollte er dagegen protestieren. Aber er hält, bisher jedenfalls. Aaron und ich wechseln uns ab in diesem Stuhl.

Als Tisch dient uns eine alte Truhe. Darauf breiten wir unser Geschirr aus, das uns Elisabeth täglich mit dem Essen heraufschickt und zum Spülen wieder entgegennimmt.

Es ist gut, dass wir in einem Bauernhof untergekommen sind. Da gibt es nämlich genug zu essen, und wir brauchen keine Lebensmittelkarten. Mit Karten und den sparsamen Zuteilungen wäre es unmöglich, statt zwei Personen vier zu versorgen. So aber gibt es keinen Grund zu klagen. Auch wenn die Kartoffel das vorherrschende Nahrungsmittel ist ... es gibt auch Grün- und Blumenkohl, Möhren und Bohnen, und manchmal auch ein Stück gebratene Blutwurst. Wie gesagt, wir nehmen es mit unserem Judentum nicht sehr genau. Zum Frühstück essen wir Brot, das Elisabeth selbst backt, und Zuckerrübensirup. In diesen Tagen kommen die ersten Äpfel der neuen Ernte. So gibt es auch manchmal „Himmel und Erde", also Äpfel und Kartoffeln. Auf den Bäumen rings um den Hof ist auch anderes Obst herangereift. Elisabeth macht uns auch schon den Mund wässrig, indem sie von den Pilzen schwärmt, die sie jedes Jahr sucht, und die sie demnächst ernten will, wenn die Zeit gekommen ist. Nicht wir!, betont sie. Vor einigen Tagen hat jemand, der eine Fischzucht betreibt, im Tausch gegen Wurst zwei Forellen gebracht, von denen eine auf unserer „Tafel" landete. Welch ein Genuss!

Seit Mitte September gibt es noch mehr Esser auf dem Hof. Das kam so: Eines Nachmittags kamen zwei Männer, als Ludwig gerade auf den Acker fahren wollte. Sie trugen schmutzige Arbeitskleidung und verwickelten Ludwig in ein Gespräch. Verstehen konnten wir nichts, aber wir merkten, dass die Männer nicht richtig deutsch sprachen. Als das Gespräch zu Ende war und Ludwig zum Hof hinausfuhr, nahm er sie auf dem Anhänger mit.

Später, als Elisabeth uns das Abendessen brachte, erzählte sie uns, dass zwei Holländer sich gemeldet hätten. Sie seien von den Deutschen in ihrer Heimat gefangen genommen und hierhergebracht worden. Sie müssten in einem Industriebetrieb hier in der Nähe arbeiten, der kriegswichtige Dinge produziert. Es seien insgesamt siebzehn Männer, einige noch sehr jung. Die beiden sagten, sie bekämen wenig zu essen. Ob der Bauer ihnen nicht etwas dazugeben könne. Ludwig hat ihnen angeboten, erzählte Elisabeth, sie könnten hier jeden Abend tüchtig essen, wenn sie ihm nach ihrem Feierabend etwas auf dem Acker helfen würden. Das haben sie zugesagt.

Am folgenden Tag brachten sie einen Dritten mit, sehr jung noch, vielleicht sechzehn oder siebzehn Jahre alt. Wir konnten von hier aus sehen, dass er ganz schwach und elend war und sich kaum auf den Beinen halten konnte. Der ging nicht mit nach draußen. Wir erfuhren, dass die Deutschen ihn aus dem Krankenhaus geholt hatten, wo er erst zwei Tage vorher am Blinddarm operiert worden war. Als die beiden von ihm erzählt hatten, hatte Elisabeth gesagt, sie sollten ihn mitbringen. Nicht zum Arbeiten, sondern damit er sich in einem richtigen Bett und mit Milch und anderen guten Sachen erholen und neue Kräfte sammeln konnte.

Als der junge Klaas, so hieß er, wieder richtig gesund war, kam er weiter jeden Nachmittag mit her und arbeitete wie die anderen bei der Ernte. Ludwig gab ihm allerdings Dinge zu tun, die ihn nicht zu sehr anstrengten.

Uns veranlasste die Anwesenheit von Fremden auf dem Hof, noch vorsichtiger zu sein.

Wir staunten wieder einmal über die Hilfsbereitschaft unserer Freunde Ludwig und Elisabeth. Sicher, Ludwig bekam Hilfe, die ihm wichtig war. In früheren Jahren hatte er oft Helfer aus dem Dorf angeheuert, wenn in der Erntezeit viel zu tun war. Jetzt aber herrschte Mangel an arbeitsfähigen Männern. Die Holländer füllten eine schmerzliche Lücke. Aber was sie dafür bekamen, war in diesen kargen Zeiten mehr, als ihr ziemlich kurzer Arbeitseinsatz wert war. Und Elisabeths Einsatz für Klaas hat ihm vermutlich das Leben gerettet.

Vor einigen Tagen kehrte Klaas den Hof, während seine zwei Landsleute mit Ludwig zusammen auf dem Feld waren. Da brachte Elisabeth die Kühe von der Weide herein und schickte sich an, sie zu melken.

Klaas folgte ihr bis zum Tor der Tenne, und wir hörten, wie er in gebrochenem Deutsch fragte, ob Elisabeth ihm nicht zeigen wolle, wie man melkt. Dann könne er das in Zukunft immer machen. Elisabeth wehrte ab. Der Grund war klar: Wenn er im Kuhstall war, konnte es leicht passieren, dass er über sich Geräusche hörte, die wir verursachten. Selbst wenn wir nicht sprachen – sobald wir uns bewegten, knarrten Bohlen oder raschelte das Heu.

„Nein, nein", wehrte Elisabeth ab. „Ich melken, du Hof kehren." Wie so viele meinte auch sie, sie könnte sich einem Ausländer besser verständlich machen, wenn sie schlechtes Deutsch spricht.

Ich vermute, dass das schlaue Bürschchen dachte: Wenn sie mir so energisch den Zugang zum Kuhstall verbietet, hat das sicher einen besonderen Grund. Hat sie Angst, ich würde die Kühe melken und die Milch trinken? Oder gibt es da hinten vielleicht eine Räucherkammer, in der Würste und Schinken hängen, und sie fürchtet, ich könnte davon stehlen? Oder gibt es sonst ein Geheimnis?

Was Klaas wirklich dachte, weiß ich nicht. Aber er wäre kein normaler junger Mann gewesen, wenn nicht seine Neugier geweckt worden wäre. Elisabeth hätte besser daran getan, ihn etwas unverkrampfter vom Stall fernzuhalten.

Vorgestern, als die drei Männer draußen waren und auch Elisabeth fortging, um die Kühe von der Weide zu holen, kam – wie zu erwarten war – Klaas in den Kuhstall. Er wusste, dass er allein auf dem Hof war – oder besser gesagt: Er meinte, allein zu sein. Wir hörten unten das Tor quietschen und verhielten uns mucksmäuschenstill. An den Geräuschen, die er machte, konnten wir verfolgen, wie er durch den Kuhstall ging.

Hätten wir gewusst, dass er kam, hätten wir uns im Heu versteckt. Aber dafür war es nun zu spät. Das Rascheln hätte uns erst recht verraten.

Da – er kam die Leiter herauf. Das Knarren war uns so vertraut, dass wir genau wussten, wie hoch er inzwischen gekommen war.

Gebannt saßen wir da und starrten auf die Klappe. Er ließ sich Zeit. Eine Weile schien er auf den oberen Sprossen stillzustehen und zu überlegen, ob er öffnen sollte.

Da bewegte sich das Holz. Langsam entstand ein Schlitz, durch den ein Augenpaar hereinspähte. Als er uns entdeckte, ließ er die Klappe erschreckt wieder zufallen.

Wir rührten uns nicht. Er auch nicht. Nachdem vielleicht ein halbe Minute vergangen war, hob sich die Klappe wieder. Diesmal etwas höher, sodass sein ganzer Kopf zu sehen war.

„Guten Abend!", sagte Aaron.

„Guten Abend", antwortete er. Das hatte er anscheinend inzwischen fast akzentfrei gelernt.

„Nachdem du uns nun gefunden hast, kannst du auch gleich ganz heraufkommen." Aaron machte eine entsprechende Handbewegung für den Fall, dass Klaas ihn nicht verstand.

Der lächelte verlegen. Dann warf er die Klappe ganz nach hinten und kam die letzten Leitersprossen herauf.

Da stand er nun und wusste nicht, was er sagen sollte. Wir wussten es auch nicht.

Schließlich erklärte Aaron: „Wir wollten nicht, dass irgendjemand von uns weiß. Nun hast du uns gefunden. Verrate uns nicht!"

„Nein." Klaas schüttelte den Kopf. Er hatte also die Worte verstanden, oder zumindest ihren Sinn erraten.

„Auch deinen holländischen Freunden nicht. Bitte! Versprichst du es?"

Er machte ein ahnungsloses Gesicht.

„Nichts deinen Freunden sagen!" Aaron hielt sich den Finger vor den Mund. „Je mehr Leute etwas von uns wissen, desto größer ist die Gefahr, dass jemand sich verplappert."

Ich war sicher, dass Klaas diesen Satz erst recht nicht verstand, aber er nickte heftig und murmelte etwas, das eine Beteuerung sein konnte.

Er sah uns einige Augenblicke nachdenklich an und sagte dann: „Juden."

„Ganz recht", nickte Aaron. „Schlaues Bürschchen."

„Bürschchen?"

„Du bist schlau."

„Du Jude – ich Niederländer. Deutsche Feind von Juden und Feind von Niederländer. Darum Jude und Niederländer Freund."

„Ja. Ich freue mich, dass du es so siehst." Aaron stand vom Hocker auf und reichte ihm die Hand. Klaas schlug freudig ein. Dann begrüßte er auch mich mit Handschlag.

„Wie lange hier?"

„Fast vier Monate."

„Oh – ich wenig Tage in Deutschland."

„Ich weiß. Sie haben dich aus dem Krankenhaus geholt."

Er nickte und zeigte auf seinen Bauch. Dann sah er sich neugierig um, studierte unsere Wohnverhältnisse und sagte: „Muss gehen. Elisabeth kommt bald."

Er lächelte und stieg auf die Leiter. Er wollte die Klappe hinter sich schließen, aber Aaron sagte: „Lass nur! Ich mache das schon."

Als sein Kopf fast verschwunden war, kam er noch einmal hoch und sagte ernst: „Deutsche Feind von Juden und Niederländer. Aber nicht Ludwig und Elisabeth. Sie Freund."

„Das stimmt!", nickten Aaron und ich gleichzeitig.

Klaas suchte mit dem Fuß die nächste Sprosse, während er uns zulächelte. Dann hielt er den Zeigefinger vor den Mund, was wohl in den meisten Kulturen der Welt als Zeichen für Schweigen verstanden wird.

Er stieg hinunter, und Aaron schloss die Klappe.

12

Diesmal war es echte Handarbeit. Paul hielt den Meißel in der linken Hand und den Hammer in der rechten. Zeitweilig legte er auch den stählernen Hammer weg und nahm einen aus Holz, um behutsam seinem Engel die letzte Gestalt zu geben. Dafür, dass er eigentlich keinen Engel machen wollte, war er fast zu gut gelungen, fand er. Nicht zu kitschig. Schön, aber kraftvoll. Seine Mutter hatte ihn einmal darauf hingewiesen – und die wiederum hatte es von ihrem Großvater Ludwig Born gelernt –, dass Engel Helden seien. Sie mit barocken Putten zu verwechseln sei ein schlimmer Irrtum. Sie seien auch nicht weiblich. Ob sie dafür allerdings männlich waren, darüber ließ sich streiten. Sie werden wohl geschlechtslos sein, dachte Paul.

Als sein „Engel", wie er Stefanie manchmal nannte, hereinkam, musste sie sich nicht mit Lichtsignalen bemerkbar machen.

„Ah – schön, dein Engel!"

„Meinst du dich oder den hier aus Stein?"

Sie lächelte.

„Sag mal", fragte Paul, „sind Engel Männer oder Frauen? Oder keins von beidem?"

„Hm. Als zu Ostern Maria Magdalena ans Grab von Jesus kam, stand da ein Engel. Und es heißt: ein Jüngling in weißen Kleidern."

„Aber vermutlich nur, weil er bei den Menschen sichtbar erschien. Eins musste er ja sein, Mann oder Frau. Wenn er aber in der unsichtbaren Welt ist, wo er eigentlich hingehört, wird er wohl weder das eine noch das andere sein."

„Ich weiß noch eine Bibelstelle. Jesus hat einmal gesagt, wenn die Menschen im Himmel sind, dann werden sie nicht heiraten. Sie werden sein wie die Engel. Daraus schließe ich mal, dass sie geschlechtslos sind."

„Wie denn?" Paul beendete seine Arbeit und sah sie erschrocken an. „Werden wir zwei dann etwa nicht mehr verheiratet sein?"

„Keine Ahnung."

„Da will ich dir sicherheitshalber schnell noch einen irdisch-menschlichen Kuss geben."

Das tat er, und sie lächelte.

„Welchem Umstand habe ich diese Engelserscheinung zu verdanken?", fragte er.

Sie hielt ihm einen Zettel hin. „Dein Bekannter von der Industrie- und Handelskammer hat angerufen."

„Heinrich Übler. Wir sind zusammen zur Schule gegangen."

„Er hat die Firma ausfindig gemacht, die mit den Zahnrädern. Seifert, Oberflächenhärtung. Ich habe es aufgeschrieben. Es ist auch eine Telefonnummer und die Adresse dabei."

„Wo?"

„In Essen."

„Apropos Essen. Nach dem Mittagessen werde ich hinfahren."

„Reicht es nicht, wenn du anrufst?"

„Nein, da will ich persönlich hin. Erstens: Wenn das eine Firma ist, wimmeln sie mich ab. Ich vermute zwar, dass es sich bei unserem Wohltäter um den Chef handelt, weil er viel Geld hat, aber sicher ist das nicht. Und wenn ich anrufe – mit wem soll ich mich verbinden lassen? Und zweitens: Ich will dem Mann gegenübersitzen. Oder stehen. Ich will ihm ins Gesicht sehen, wenn ich ihm danke, und vor allem, wenn ich ihn frage, ob er mein Vater ist."

„Das leuchtet ein", antwortete Stefanie. „In einer halben Stunde kannst du zum Essen rüberkommen."

Paul arbeitete noch ein Weilchen, dann legte er sein Werkzeug weg. Er war jetzt innerlich unruhig, gespannt auf das, was ihn erwarten würde. Darum konnte er sich nicht richtig auf seine Arbeit konzentrieren. Er wusch sich Gesicht und Hände, überlegte dann, dass er sich vielleicht etwas vornehmer anziehen sollte, und wechselte die Kleidung. Da die Kartoffeln noch nicht gar waren, ging er schon mal an sein Auto und suchte auf einer Straßenkarte des Ruhrgebietes die Straße, die auf dem Zettel stand. Seine Tochter sah ihm zu. „Wo willst du denn hin, Papa?" „Ich hab was zu erledigen." Leoni gab sich mit dieser nichtssagenden Antwort zufrieden. Sie war es gewohnt, dass ihr Papa öfter fort musste. Aber dann fiel Paul ein, dass seine Tochter mit ihrer aufmerksamen Beobachtung es eigentlich verdient hatte, ein wenig in das Geheimnis eingeweiht zu werden.

„Ich weiß, welche Firma das Zeichen mit den Zahnrädern hat. Ich will mal sehen, ob ich sie finde."

„Und dann willst du dich bei dem Mann für das Geld bedanken?"

„Genau."

„Kann ich mit?"

„Nein, Leoni. Es kann sein, dass es lange dauert. Bleib du mal hier bei Oma, wenn Mama heute Nachmittag wieder arbeitet."

„Okay."

Paul fand wieder einmal, dass seine Tochter ziemlich „pflegeleicht" war, verglichen mit anderen Kindern. Er war dankbar – dem Schöpfer, dem Schicksal oder wem auch immer – und streichelte ihr über das Haar.

„Vorsicht! Mein Haarspängchen!", sagte sie.

Nach dem Essen fuhr Paul los. Er brauchte etwas mehr als eine Stunde, dann stand er vor einem Industriegelände. Er hatte sein Ziel erreicht.

Das Firmenschild zeigte ihm, dass das stimmte:

Karl Seifert. Oberflächenhärtung.

Es war kein großer Betrieb, nicht so einer, wo man sich erst bei einem Pförtner melden musste, um reinzukommen. Er ging einfach auf den Hof und fragte einen Arbeiter, der Holzkisten mit einem Gabelstapler von der Ladefläche eines LKW hob, wo er den Chef finden könne.

Der Mann brachte es fertig, die Auskunft zu erteilen, ohne den Mund aufzumachen. Er reckte den ausgestreckten Arm in Richtung der Lücke zwischen zwei Gebäuden und wies dann mit dem abgebogenen Zeigefinger nach links.

„Danke!", sagte Paul und ging durch die gezeigte Lücke. Da sah er tatsächlich links ein Bürogebäude, erkennbar an den Fenstern, die, verglichen mit denen in den Fertigungshallen, sauber waren.

Er ging hinein und fand eine Dame hinter einem Schreibtisch, die er als Chefsekretärin einschätzte: blaues Kostüm, kluges Gesicht, kurzes, dunkles Haar und in Augen und Bewegungen gewisse Anzeichen von Hektik.

„Guten Tag!", grüßte Paul.

Sie schaute auf. „Guten Tag. Ja, bitte?"

„Ich hätte gern den Chef gesprochen, bitte."

„Den Herrn Direktor? Haben Sie einen Termin? Soweit ich weiß ..." Sie warf einen Blick auf den Tischkalender.

„Nein."

„Sind Sie Kunde?"

„Auch nicht. Es handelt sich um eine persönliche Angelegenheit."

„Ich weiß nicht, ob das jetzt geht ..."

„Bitte fragen Sie doch mal. Notfalls kann ich auch warten."

„Gut, ich versuche es. Wen darf ich melden?"

„Paul Born."

Die Sekretärin verschwand, schloss die Tür hinter sich, durch die sie verschwunden war, und kam nach zwanzig Sekunden wieder heraus.

„Der Herr Direktor lässt bitten."

Paul ging an ihr vorbei, mitten durch die Duftwolke ihres Parfüms, und betrat einen Raum, der für ein Chefbüro nicht besonders groß war. Ein Mann von etwa sechzig Jahren, wenige graue Haare, gutsitzender Anzug mit gestreifter Krawatte, erhob sich hinter dem Schreibtisch und kam lächelnd auf ihn zu.

„Sie haben mich aber schnell gefunden, Herr Born!", sagte er lächelnd und reichte Paul die Hand.

Die Sekretärin erkannte, dass alles seine Richtigkeit hatte, und schloss die Tür.

„Ich bin auch erfreut, dass ich Sie gefunden habe, Herr Seifert. Sie sind doch Herr Seifert, nicht wahr?"

„Karl Seifert, richtig. Geschäftsführender Gesellschafter von Karl Seifert, Oberflächenhärtung. Nehmen Sie Platz, Herr Born! Einen Kaffee?"

„Nun, wenn es möglich ist ... gern. Ich denke, die Ausgabe fällt ja gegenüber 25.000 Mark kaum ins Gewicht."

Herr Seifert lächelte, drückte auf einen Knopf und sagte zur Schreibtischplatte hinunter: „Frau Amend, Kaffee bitte!"

Die beiden Männer ließen sich in einer Sitzgruppe aus schwarzem Leder nieder, zwischen sich ein Glastischchen.

„Es war mir wichtig, Sie aufzusuchen, Herr Seifert, um mich für das wirklich großzügige Geschenk zu bedanken."

„Bitte, es ist gern geschehen. Ich schrieb Ihnen ja, weshalb ich Ihnen etwas Gutes tun wollte."

„Nicht sehr genau allerdings."

„Haben Sie Ihr Fahrzeug gekauft?"

„Ja, und ich bin glücklich damit. Es erleichtert mir meine Arbeit sehr."

„Sagen Sie – wie haben Sie mich denn als Spender identifiziert und gefunden?“

„Mit Hilfe meiner fünfjährigen Tochter. Ihr hat ... ich nehme an, Sie waren es nicht selbst?“

„Nein, ein Mitarbeiter und Freund.“

„Ihr hat Ihr Mitarbeiter und Freund das Geld gegeben. Sie hatte sich das Signet auf der Autotür gemerkt. Da waren die nächsten Schritte nicht mehr so schwierig.“

„Ich wollte eigentlich anonym bleiben, um einer großen Dankeszeremonie zu entgehen. Aber mein Mitarbeiter hat‘s wohl vermasselt! Er hätte sein Privatauto nehmen sollen.“

„Bitte sagen Sie ihm bei Gelegenheit, ich sei ihm dankbar für diesen Fehler.“

„Das werde ich tun. Das wird dann meine Rüge etwas abschwächen.“

„Eigentlich ...“ Paul stockte. Wie sollte er es ausdrücken? Ach – am besten einfach geradeheraus! „Eigentlich war ein zweiter Grund für mein Kommen noch wichtiger.“

„Wichtiger als der Dank?“

„Ja, eine Frage: Sind Sie mein Vater?“

Die Gesichtszüge des Direktors erstarrten zunächst. Das war wohl der Schreck. Dann zeigten große Augen und ein halboffener Mund Staunen und Verwunderung, anschließend brach Karl Seifert in lautes Lachen aus.

Es wurde an die Tür geklopft, und die Sekretärin trat ein, in der Hand ein Tablett. Erschrocken, weil sie ihren Chef wohl noch nie bei einem solchen Ausbruch von Heiterkeit beobachtet hatte, blieb sie stehen.

Als Seifert wieder zu Atem kam, sagte er: „Kommen Sie nur, Frau Amend! Sie wollen doch sicher nicht, dass wir uns den Kaffee da an der Tür abholen.“ Und er lachte weiter.

„Verzeihung!“, murmelte die Dame und stellte den Kaffee und

alles, was dazugehörte, auf das Glastischchen. Dann verschwand sie eilig, denn die Situation war ihr fremd und verursachte ihr Unbehagen.

„Ich Ihr Vater?", stieß der Direktor schließlich hervor. „Wie um alles in der Welt kommen Sie denn darauf?"

Paul war sich noch nicht darüber klar, ob er enttäuscht oder erleichtert sein sollte, ob er mitlachen oder sich wegen dieser peinlichen Situation schämen sollte. Also erklärte er sachlich:

„Ich bin ohne Vater aufgewachsen. Meine Mutter hat mir nie sagen wollen, wer mein Vater ist. Selbst den Grund dafür hat sie mir nicht verraten. Sie sagt, mein Vater sei tot. Ich weiß nicht, ob ich das glauben soll. Und nun schenkt mir ein Unbekannter auf einmal eine große Summe. Da lag doch der Gedanke nahe, dass das Geld von meinem Vater kam, der seinem Sohn so etwas Gutes tun, vielleicht sogar sein Gewissen beruhigen wollte. Meine Frau meinte das auch."

„Und Ihre Mutter hat das bestritten?"

„Ja. Aber sie weiß nicht, dass ich mich auf die Suche nach dem Spender begeben habe."

„Die ... Moment ... Thea hieß sie, nicht wahr?"

„Ja, stimmt. Sie kennen sie also?"

„Ich kannte sie als kleines Mädchen. Sie muss wohl so ... etwa neun oder zehn Jahre alt gewesen sein. Also zu jung damals. Ich bin nicht Ihr Vater, Herr Born."

Paul nickte und schwieg einige Augenblicke. „Aber, warum ... ich meine, welches Verhältnis bestand zwischen Ihnen und meiner Familie?"

Herr Seifert schaute auf seine kostbare Uhr. „Leider muss ich in wenigen Minuten zu einer wichtigen Besprechung. Äh – haben Sie heute Nachmittag Zeit, so gegen 18 Uhr?"

„Ja."

„Es erfordert etwas Zeit, das alles zu berichten. Kommen Sie doch um sechs zu mir nach Hause! Hier ist meine Adresse." Er reichte ihm eine Karte. „Dann können wir uns in Ruhe unterhalten." Paul nahm die Karte, trank seinen Kaffee aus und erhob sich. „Danke nochmals, Herr Seifert! Für das Geld und für die Einladung und überhaupt."

Sie reichten sich die Hände, und er ging.

13

Pauls Fahrt endete außerhalb der Stadt Essen in einer Gegend mit großen alten Häusern. Das Haus, das wohl das richtige sein musste, lag etwas von der Straße zurück in einem parkähnlichen Grundstück. Es sah sehr gepflegt aus. Seiferts hatten sicher einen Gärtner. Vielleicht war es der „Mitarbeiter und Freund", ein Faktotum für Haus und Garten, Chauffeur und Abholer der Enkel aus dem Kindergarten.

Paul stieg aus und betrachtete ausgiebig das große Gebäude. Es stammte aus der Vorkriegszeit, dem Baustil nach zu schließen, war aber in sehr gutem Zustand. Mit geschultem Auge erkannte er, dass die zwei Balkone später angebracht sein mussten. Sie passten in ihrer sachlichen Schlichtheit nicht zu dem Jugendstilschmuck des Hauses.

Wenn Paul geahnt hätte, dass es ihn hierherverschlagen würde, hätte er vielleicht sogar einen Schlips umgebunden. Einen von den zweien, die er besaß. Den hätte ihm dann allerdings seine Mutter binden müssen.

Mit klopfendem Herzen ging er den Kiesweg zum Eingang, fand dort einen Klingelknopf und drückte. Unmittelbar nachdem ein melodischer Gong ertönt war, öffnete sich die Tür. Eine freundliche Frau, schlicht in Rock und Bluse gekleidet, begrüßte ihn.

„Herr Born, nicht wahr?"

„Der bin ich, ja. Guten Abend."

„Ich bin Frau Seifert. Mein Mann ist leider noch aufgehalten worden, wird aber bald da sein. Er hat mich telefonisch über Ihr Kommen informiert. Sie sind herzlich willkommen."

Sie trat zur Seite und machte eine einladende Handbewegung.

„Es ist mir etwa peinlich“, sagte Paul, „dass ich Sie so überfalle. Ich war nicht darauf vorbereitet, bei Ihnen zu Hause eingeladen zu werden.“

„Das muss Ihnen überhaupt nicht peinlich sein. Erstens liebe ich Überraschungen, zweitens habe ich gern Gäste und drittens schätze ich Freunde meines Mannes besonders.“

„Ich weiß nicht, ob er mich seinen Freund nennen würde. Er kennt mich ja erst seit zwei Stunden.“

Frau Seibert führte ihn in ein gemütliches Wohnzimmer, das weder zu altmodisch eingerichtet war, wie man bei so einem alten Haus hätte erwarten können, noch zu modern, was Paul trotz seiner zeitgenössischen Kunst als kühl empfunden hätte. Hier fühlte er sich wohl.

„Trinken Sie ein Glas Wein?“

„Nein, danke, ich habe nachher noch eine weite Fahrt vor mir.“

„Wasser? Saft? Tee?“

„Etwas Wasser wäre schön, bitte, die Hitze ...“

Die Gastgeberin versorgte Paul mit seinem Getränk und setzte sich ihm gegenüber. „So, so, Sie sind Bildhauer ... Muss ein schöner Beruf sein! Ich hätte für so was kein Talent.“ Es entspann sich ein kurzes Geplauder, das aber bald, ehe es zäh werden konnte, vom Geläut an der Haustür unterbrochen wurde.

Eine halbe Minute später stand Karl Seifert im Zimmer.

„Entschuldigen Sie die Verspätung! Manchmal treten im Geschäftsleben Schwierigkeiten auf, mit denen man nicht gerechnet hat, denen man sich aber sofort widmen muss.“

„Was Schlimmes?“ Paul meinte, Anteilnahme zeigen zu müssen.

„Nicht der Rede wert. Lassen Sie uns ohne Umschweife auf das Thema kommen, dessentwegen Sie hier sind.“

„Ja, gern."

„Ich muss mit meinem Bericht schon in der Zeit kurz nach dem Krieg anfangen. Nein, eigentlich schon im Krieg. Mein Vater war gefallen, und meine Mutter war ... nun, ich möchte mal sagen, seelisch instabil. Da war es verlockend, in der Hitlerjugend Freunde zu finden. Aber ich blieb dort immer ein Außenseiter. Vielleicht weil ich zu jung war, vielleicht weil ich mich schon als Junge nicht mit diesem militärischen Getue anfreunden konnte, vielleicht weil ich unsportlich war, vielleicht weil ich überhaupt ein zurückhaltender, ängstlicher Junge war."

„Wie es in der Hitlerjugend war, weiß ich natürlich nur vom Hörensagen."

„Nach dem Krieg war es damit natürlich vorbei. Aber es gab etwas, das mehr war als Ersatz für die Hitlerjugend. Es gab eine evangelische Einrichtung hier in Essen, wo Jungen sich treffen konnten, spielen und Sport treiben, sich austauschen und singen, einfach Freundschaften schließen. Geleitet wurde die Einrichtung von einem Pfarrer Busch. Er hielt Andachten und Gottesdienste, bei denen ich immer gern zuhörte. Er hatte eine Art, die biblischen Dinge so darzustellen, dass man ganz gefesselt war, ja, dass man ganz selbstverständlich bejahen musste, was er sagte. Viel wichtiger aber als das, was er öffentlich sagte, waren die persönlichen Gespräche. Auch wenn sie oft nur aus wenigen Sätzen bestanden, fühlte ich mich ernst genommen und anerkannt, wenn er mit mir wie mit jedem anderen sprach."

„Das kann ich verstehen."

„Vielleicht können Sie als später Geborener nicht wirklich nachvollziehen, wie die äußeren Verhältnisse damals waren. Wir hungerten. Auch seelisch hungerten viele. Meine Mutter hatte nach dem verheerenden Fliegerangriff – wir würden heute sagen: ein Trauma. Sie war mir beim Heranwachsen keine große Hilfe. Diese Funktion nahmen eher Pfarrer Busch und die Gemeinschaft in dem Jugendhaus wahr. Aber das Problem, das uns Jugendliche deutlicher quälte, war der Hunger. Wir hatten zu wenig zu essen. Ausgezehrt und abgemagert und natürlich mit alten, nicht mehr passenden Kleidern lebten wir in der traurigen Trümmerwüste unserer Stadt Essen.

Pfarrer Busch konnte nicht viel helfen, schon gar nicht allen. Aber eines Tages kam er zu mir und sagte, er hätte eine Gelegenheit, wie ich mich mit einigen anderen Jungen, die am schlimmsten dran waren, mal ordentlich satt essen könnte. Er kannte von verschiedenen christlichen Veranstaltungen einen Bauern im Bergischen Land. Den hatte er gefragt, ob er nicht mal für einige Tage mit acht oder zehn Jungen, die fast verhungert waren, kommen könne. Und ob er für die nicht genug Kartoffeln hätte."

„Und dieser Bauer hieß Ludwig Born."

„Richtig. Ihr Urgroßvater?"

„Ja. Ich habe ihn persönlich nicht gekannt, aber viel von seinem Glauben und seiner Nächstenliebe gehört."

„Er lud uns herzlich ein. Pfarrer Busch war dabei. Wir Jungen schliefen im Heu auf einem Bretterboden über dem Kuhstall. Ich erinnere mich, dass wir immer eine Leiter hochklettern mussten. Wir fanden das ungeheuer romantisch."

„Unter dem Heuboden habe ich heute meine Werkstatt."

„Es war eine herrliche Zeit, auch wenn es nur ein paar Tage waren. Wir konnten uns richtig sattessen. Natürlich hauptsächlich von Kartoffeln. Salzkartoffeln, Pellkartoffeln, Bratkartoffeln, Kartoffelbrei, Kartoffelsalat, warmem und kaltem. Manchmal gab es auch Kohl und anderes Gemüse, zweimal – ich erinnere mich genau – sogar wunderbar süßen Zuckerrübensirup. Ich wunderte mich, woher der Bauer Born die vielen Kartoffeln hatte. Das kam uns Kindern aus der Stadt wie ein ungeheurer Reichtum vor."

„Die Landwirtschaft gibt es nicht mehr. Die großen Felder sind alle verpachtet."

„Aber das reichliche, wenn auch gleichförmige Essen war nur das Eine, was ich als beglückend empfand. Das andere waren die Gemeinschaft und die Betreuung durch unseren Pfarrer. Hinter dem Stall hatten wir Holzblöcke aufgestellt, gesägte, aber noch nicht zu Feuerholz gehackte. Später haben wir auch Holz gehackt. Über die Blöcke wurden Bretter gelegt, darauf konnten wir sitzen. Wir bildeten einen Kreis, und in der Mitte wurde abends ein Feuer angezündet. Wenn ich mich richtig erinnere, hat es in den Tagen nur einmal geregnet, sodass wir unter ein Dach flüchten mussten."

„Ich kenne die Stelle. Natürlich gibt es die Behelfsbänke nicht mehr, aber die Feuerstelle ist noch erkennbar."

„Heute scheint es für einen Jungen nichts Schöneres zu geben, als mit dem Computer zu spielen – ich weiß, ich übertreibe etwas –, aber damals gab es für uns nichts Besseres, als abends gemeinsam am Feuer zu sitzen, zur Gitarre zu singen und Erzählungen zu lauschen. Und Pfarrer Busch konnte erzählen!

Anfangs ging es mir einfach darum, zuzuhören und mich wohlzufühlen. Aber immer mehr merkte ich, dass das, was da gesagt wurde, mich ja ganz persönlich betraf. Ich durfte nicht nur genießerisch zuhören und alles für richtig finden, merkte ich, sondern ich musste selbst zu Gott in Beziehung treten, was die Christen Glauben nennen. Einmal sprach Pfarrer Busch davon, dass Christus für uns gestorben sei – eine Formulierung, die ich schon gelegentlich gehört hatte, die mir aber nichts sagte. Dass er sich für uns geopfert habe. Dazu, fuhr er fort, wolle nun unser Gastgeber, der Herr Born, etwas sagen. Ihr Urgroßvater saß an dem Abend mit am Feuer, was sonst nicht geschah. Er unterstrich das, was Pfarrer Busch gesagt hatte. Er war nicht so redegewandt, aber ich verstand durchaus, was er meinte."

„Nach dem, was bei uns erzählt wurde, redete meine Urgroßmutter mehr. Aber Opa Ludwig scheint auch nicht unbeholfen gewesen zu sein, zu erklären, was er glaubte."

„Durchaus nicht. Er sagte, dass er die Worte von Pfarrer Busch bestätigen wolle, dass sie auch seiner persönlichen Erfahrung entsprächen. Um das zu illustrieren, erzählte er Folgendes:

Einige Jahre zuvor hatten Borns auf dem Heuboden, wo wir schliefen, ein jüdisches Ehepaar versteckt, das vor den Nazis fliehen musste. Einmal waren sie im Wald, um Heidelbeeren zu pflücken. Im Wald, dachten sie, sieht sie niemand und erkennt sie als Juden. Da erlebten sie mit, wie eine Gruppe von Hitlerjungen einen von ihnen, den Kleinsten und Schwächsten, als Juden beschimpften – das war unter den Kindern damals so eine Art Schimpfwort – und ihn an einen Baum banden und quälten. Da habe sich der Mann vor den Jungen gestellt und ihn verteidigt, obwohl ihn das in Gefahr brachte, weil er ja selbst wirklich Jude war. So, sagte Herr Born, habe sich Jesus Christus zu uns gestellt, sich mit uns identifiziert. Er verteidigt uns gegen die Anklage des Teufels, aber er steht uns auch sonst bei und will unser Helfer und Retter sein. So ähnlich – genau weiß ich die Worte nicht mehr.

Ich saß wie erstarrt da. Denn ich kannte diese Geschichte! Ich war der kleine Junge gewesen! Ich fühlte immer noch die Angst, die ich damals empfunden hatte – gequält und erniedrigt von anderen, die in der Überzahl und viel stärker waren und die kein Erbarmen hatten mit einem Schwächeren. Im Gegenteil, die es genossen, die Stärkeren und die Großen zu sein und den Kleinen noch kleiner zu machen. Und ich fühlte immer noch die große Erleichterung, als ein noch Stärkerer vor mich trat, um mich zu schützen.

Auf einmal, mit dieser Erinnerung, hatte ich keine Schwierigkeiten mehr, es auf mich ganz persönlich zu beziehen, dass auch der Gottessohn sich zu mir stellt. Dass er für mich da ist, mich schützt und mir die Liebe schenkt, die andere Menschen mir verweigern, dass er mir nahe ist. Ich konnte ihm dafür danken, später auch in einem Gespräch mit Pfarrer Busch. Mein Leben war von da an neu geworden. Ich wusste mich wie unter dem Schutz eines starken Freundes. Was heißt *wie* – Jesus war ein Freund für mich geworden."

Er schwieg. Paul wusste nicht, was er dazu sagen sollte. Er verstand es zwar – jedenfalls meinte er es zu verstehen. Aber er konnte es nicht kommentieren, weil das nicht seine Erfahrung war. Oder vielleicht doch ein wenig, ansatzweise, nicht als so ein plötzliches Erlebnis, aber langsam wachsend?

„Diese Erfahrung hat mich nicht verlassen", fuhr Karl Seifert fort. „Sicher war sie zu manchen Zeiten stärker, zu anderen schwächer. Aber die Gewissheit, zu Gott zu gehören, hat mich nicht verlassen. Äußerlich hat sich allerdings viel gewandelt. Ich wurde Ingenieur, erfand einige neue Verfahrenstechniken, baute eine kleine Firma auf, die sich inzwischen zu einem mittelständischen Betrieb entwickelt hat. Ich heiratete eine Frau, die mich nicht nur auf dem Lebensweg, sondern auch auf dem Weg des Glaubens begleitet hat. Da sitzt sie."

Frau Seifert saß nur schweigend da und nickte.

„Vor einigen Wochen schickte mir ein Bekannter, der damals in dieser Jungengruppe mit dabei gewesen war, einen Zeitungsartikel. Da er auch im Bergischen Land wohnt, bekommt er den gleichen Lokalteil der Zeitung wie Sie. Er schrieb dazu, hier sei doch offenbar von dem Hof die Rede, auf dem wir damals nach dem Krieg Kartoffeln essend um das Feuer gesessen hätten. Ich war alarmiert und schämte mich gleichzeitig, dass ich mich später nie wieder bei der Familie gemeldet und ihr gedankt hatte. Aus den Umständen, die in dem Artikel erwähnt waren, konnte ich schließen, dass es sich tatsächlich um die richtige Familie Born handelte. Ich sah eine Gelegenheit, wenigstens einen Teil meiner Dankesschuld abzutragen. Wenn auch nicht Ludwig und ... wie hieß seine Frau?"

„Elisabeth."

„Ja, wenn auch nicht Ludwig und Elisabeth, dann doch wenigstens ihren Nachkommen."

„Dafür danke ich Ihnen!" Das hatte Paul zwar schon getan, aber es schien ihm wichtig, es an dieser Stelle zu wiederholen. „Dann haben Sie", fuhr er fort, „sicher auch meinen Großvater kennengelernt. Der Krieg war ja zu Ende, und er wohnte nach einer kurzen Kriegsgefangenschaft in England dann mit auf dem Hof, weil sie in Wuppertal ausgebombt worden waren. Seine Frau, meine Großmutter Annemarie, ist dabei umgekommen."

„Ich habe ihn gelegentlich gesehen, aber nur kurz. Er wollte offenbar nichts mit unserer Jungengruppe zu tun haben. Erst recht nichts mit Pfarrer Busch. Wen ich aber kennengelernt habe, war Thea, seine Tochter, Ludwigs Enkelin. Ein süßes Ding von acht oder neun Jahren, vielleicht auch zehn. Sie war nicht schüchtern, sondern sprach uns etwas ältere Jungen immer wieder an. Sie half beim Zubereiten des Essens und beim Spülen, wozu immer drei aus unserer Gruppe verdonnert wurden. Wenn wir abends am Feuer saßen und sangen, schlich sie sich näher heran und hörte zu, bis ihre Oma sie rief und sie ins Bett musste. Sie lebt noch bei Ihnen auf dem Hof, nicht wahr?"

„Ja, und mein Großvater Harald auch, er ist vierundachtzig."

„Bitte grüßen Sie beide von mir!"

„Das werde ich tun. Aber vielleicht finden Sie mal Zeit, selbst vorbeizukommen. Ich würde mich sehr freuen. Ich könnte Ihnen dann meinen Unimog zeigen, und Sie könnten Ihre Erinnerungen auffrischen. Auch Ihre Frau wäre uns herzlich willkommen."

„Vielleicht komme ich wirklich einmal. Aber wie Sie sich denken können, bin ich in meinem Betrieb ziemlich eingespannt. Deswegen bin ich auch nicht selbst mit dem Geld gekommen, sondern habe jemanden geschickt. Der dann auch später, als er sowieso in der Nähe war, nachsehen sollte, was daraus geworden ist."

„Ehe ich gehe – es ist spät, und ich habe noch eine weite Fahrt vor mir –, ehe ich gehe, will ich Ihnen noch etwas erzählen, Herr Seifert. Die Geschichte von dem kleinen Hitlerjungen – von Ihnen – kannte ich schon."

„Ach, wurde sie in der Familie weitererzählt?"

„Nein, aber ich habe auf dem Heuboden, Ihrem Quartier nach dem Krieg, ein Tagebuch gefunden. Das jüdische Ehepaar hat es geführt, als es dort versteckt war. Genauer gesagt, die Frau, Rebekka Schimmel."

„Wirklich? Kann ich das auch mal lesen? Es würde mich brennend interessieren."

„Gern. Zurzeit lesen wir es noch, meine Frau und ich. Es dauert lange, weil es in der alten deutschen Schrift geschrieben ist. Aber wenn wir durch sind, gebe ich es Ihnen gern."

Paul stand auf. „Ich glaube, ich habe Ihnen für vieles schon gedankt. Jetzt danke ich Ihnen aber noch für dieses Zusammensein und Ihren Bericht."

Er verabschiedete sich herzlich vom Ehepaar Seifert, wurde zur Tür gebracht, und dann stieg er in sein Auto und fuhr los.

Herr Seifert und seine Frau sahen ihm hinterher.

„Ein netter junger Mann!", stellte Karl fest.

Seine Frau nickte. „Ja. Ich denke, es war nicht verkehrt, ihm finanziell zu helfen."

„Als ich den Artikel las, hatte ich nicht nur den Gedanken, der Familie etwas Gutes zu tun, weil ich durch Ludwig Born beschenkt worden bin. Ich habe auch gespürt, dass hier ein künstlerisches Talent ist, das man fördern sollte. Dass sich nun herausgestellt hat, dass er ein sympathischer Kerl ist – umso besser."

Frau Seifert sah ihren Mann lächelnd an. „So, wie du dir immer einen Sohn gewünscht hast?"

Karl gab keine Antwort, weil er sich erst eine überlegen musste. Sie rückte näher an ihn heran und griff nach seiner Hand. Gemeinsam schauten sie über ihren gepflegten Garten.

Dann sagte Karl: „Er ist natürlich nicht ein Ersatzsohn für mich. Aber – so was Ähnliches könnte er vielleicht werden. Ich möchte den Kontakt mit ihm erhalten. Ihn näher kennenlernen. Ich meine, nicht nur als Förderer seiner Kunst."

Sie nickte. „Eingeladen hat er dich ja. Und du willst dir ja auch mal das Tagebuch ausleihen."

„Da vorn zwischen dem Rhododendron und den Koniferen – würde sich da nicht eine Steinskulptur gut machen?"

Frau Seibert lachte. „Das passt zu dir, Karl! Gleich Nägel mit Köpfen machen. Aber wenn du meinst ..."

„Zurzeit hat er ja noch zu tun. Aber ... na ja, wir werden sehen. Ich denke oft: Nach meinem schweren Beginn in meiner Jugend bin ich inzwischen so beschenkt worden – ein gutgehender Betrieb, eine liebe Frau ..."

Sie unterbrach ihn. „Nur leider keine Kinder."

„... leider keine Kinder, aber sonst viel Gutes bekam ich von Gott geschenkt, sodass ich finde, es ist nur folgerichtig, dass ich davon auch anderen Gutes tue."

„Ich stehe ganz dahinter, Karl, wenn du das tust. Aber jetzt tun wir uns selbst noch etwas Gutes mit einem Gläschen Rotwein. Einverstanden?"

„Einverstanden."

14

16. November 1941

Es ist kalt geworden.

Sicher, etwas Wärme kommt vom Kuhstall herauf. Es hilft auch, dass wir uns ins Heu legen können, aber wir brauchen doch mehrere Decken, um die kalten Nächte zu überstehen. Davon gibt es in einem alten Haushalt glücklicherweise viele. Auch das Fell einer schwarz-weiß gefleckten Kuh ist dabei, sodass Aaron gescherzt hat, ich ginge auf keine Kuhhaut, als meine Füße darüber hinausragten.

Die Holländer sind nicht mehr da. Vor zwei Wochen etwa kamen sie einfach nicht wieder. Da Borns keine Nachricht über den Grund bekamen, ging Ludwig selbst zu der Fabrik und erkundigte sich. Dabei erfuhr er, dass die Gefangenen anderswo eingesetzt würden. Als Ersatz hätte man ihnen Polen geschickt, aber nur sieben.

Vorgestern haben wir Besuch bekommen. Ich schreibe „wir", obwohl der Besuch natürlich Ludwig und Elisabeth gilt. Aber Aaron und ich sind einbezogen: Annemarie, die junge Frau Born, unsere ehemalige Nachbarin aus Wuppertal, ist gekommen, mit ihrer Tochter Thea. Der Thea, die sooft bei uns in der Wohnung war und mit Jakob gespielt hat.

Als Thea am ersten Abend zu Bett gebracht worden war, kam Elisabeth mit ihrer Schwiegertochter zu uns herauf. Wir begrüßten uns freudig und berichteten uns gegenseitig, wie es uns inzwischen ergangen war.

„Ihr habt ja sicher von den englischen Bombenangriffen gehört", sagte Annemarie Born. „Schon im vorigen Jahr war der furchtbare Angriff auf Duisburg. Sie wollen die deutsche Industrie zerstören und dazu, wie manche meinen, auch die Moral der Deutschen brechen. Es ist anzunehmen, dass auch Wuppertal bald das Ziel solcher Bombenangriffe

wird. Darum soll Thea hierbleiben. Dörfer werden ja wohl nicht bombardiert."

„Und du?", fragte ich.

„Ich habe meine Arbeit und muss bleiben. Es können ja nicht alle aus den Städten flüchten. Aber wenn ich mich nicht um Theas Sicherheit kümmern muss, habe ich gleich nur noch halb so viel Angst."

„Das verstehe ich. Furchtbar, wenn man immer mit so einer Katastrophe rechnen muss, aber nicht weiß, ob sie kommt, und wenn ja, wann."

„Wenn Fliegeralarm ist, rennen wir alle in den Keller. Du kannst dir denken, dass das kein Vergnügen ist. Und das wäre es noch weniger mit einem fünfjährigen Mädchen."

Ich nickte. „Was hörst du von Harald?"

„Er ist auf dem Balkan. Aber Genaueres weiß ich nicht. Es ändert sich ja immer sehr schnell."

Elisabeth schaltete sich in das Gespräch ein. „Ist er immer noch ... nun, ich weiß nicht, ob das Wort passt: begeistert – ist er immer noch begeistert im Krieg, oder ist er inzwischen vielleicht etwas ernüchtert?"

Annemarie schaute unter sich. „Wenn er jetzt anders denkt, dann ist es in seinen Briefen nicht zu erkennen."

„Uns hat er vor einem halben Jahr zum letzten Mal geschrieben."

„Er schreibt sehr gehässig von den Partisanen. Feiglinge wären das, die sich keinem ehrlichen Kampf stellen, nur aus dem Hinterhalt seine Kameraden erschießen. So ähnlich schreibt er."

Aarons Augen sprühten Funken. „Wie kann denn einer aus einer weit überlegenen Kriegsmaschinerie einen anderen überfallen und dann verlangen, dass der sich einem aussichtslosen und angeblich fairen Kampf stellen soll! Und sich dann aufregen, wenn der Überfallene sich mit den einzigen Mitteln wehrt, die ihm zur Verfügung stehen!"

Er wollte noch weiterreden, aber ich stieß ihn an, und da schwieg er. Es entstand eine peinliche Stille, die fast körperlich schmerzte. Nach einer Weile sagte Annemarie: „Du hast ja recht."

Das war ihr einziger Satz zu dem Thema. Annemarie stand im

Konflikt zwischen ihrer Meinung und der ihres Mannes. Elisabeth hielt sich zurück und ich auch. Aaron war zwar erbost, aber er merkte, dass es keinen Sinn hatte, auf jemanden zu schimpfen, der nicht da war. Und damit noch Menschen wehzutun, die das nun wirklich nicht verdient hatten.

Elisabeth wechselte das Thema.

„Es wird besser sein, wenn Thea nicht weiß, dass ihr hier seid. Wir haben es ihr nicht gesagt und sollten es auch weiter verheimlichen. So ein Kind kann sich leicht verplappern, und dann ist das Geheimnis bald keins mehr."

Annemarie lächelte – und ich war froh, das zu sehen. „Es wird euch vermutlich nicht lange gelingen. Sie ist furchtbar neugierig. Die erste Frage morgen früh wird sein, wohin du das Frühstück bringst."

„Meinst du?"

„Versuche es. Aber vielleicht ist es besser, ihr spielt mit offenen Karten. Wenn du ihr eindringlich klarmachst, dass sie es nicht verraten soll, wird sie das Geheimnis wohl auch für sich behalten. Zumal sie ja sicher nicht viel mit fremden Leuten in Berührung kommt."

Es wurde darüber keine klare Entscheidung getroffen an diesem Abend. Aber das erübrigte sich auch, wie wir schon am nächsten Tag sehen sollten.

Wir plauderten noch ein wenig, dann verabschiedete sich Annemarie von uns. Sie musste ins Bett, Ludwig wollte sie morgen sehr früh zum Bahnhof bringen.

Gestern gegen acht Uhr stellte Elisabeth das Frühstück in den Korb zum Hochziehen: Brot, etwas selbstgeschlagene Butter, Rübenkraut, wie man den Zuckerrübensirup nennt, und „Muckefuck", den Kaffeeersatz. Und tatsächlich – kaum begannen wir, den Korb hochzuziehen, schon stand Thea daneben.

„Großmutter …?" Sie schaute mit offenem Mund dem Korb hinterher. „Wohin fliegt das Essen?"

Elisabeth streichelte ihr über das hellblonde Haar.

„Ja, weißt du, Thea, das Essen ist für Menschen bestimmt, die da oben sind. Aber das ist ein Geheimnis."

„Wer ist denn da oben?"

Wir ließen uns nicht am Rand der Luke sehen.

„Wenn du schon groß wärst, mein Kind, dann könnte ich es dir sagen. Weil du das Geheimnis dann sicher für dich behalten könntest. Aber wo du nun erst fünf bist, ist mir das zu unsicher. Am Ende kannst du den Mund nicht halten und plauderst mein Geheimnis aus."

„Ich bin schon groß! Ganz bestimmt, Großmutter! Ich kann das Geheimnis für mich behalten!"

„Versprichst du mir das?"

„Großes Ehrenwort! Bestimmt! Ganz sicher!"

„Na, dann will ich dir mal vertrauen und erwarte, dass dein Mündchen ganz dicht geschlossen bleibt. Nur mit Großvater und mir darfst du darüber sprechen, und nur, wenn sonst niemand in der Nähe ist."

„Da hab ich einen Arm gesehen! Jemand hat das Essen geholt."

„Dann klettere mal vorsichtig die Leiter hoch und schaue selbst nach, wer da oben ist. Kannst du eine Leiter hochsteigen?"

„Na klar!"

Ich spähte vorsichtig über den Rand der großen Luke, während Aaron die Klappe über der kleinen öffnete. Ich sah, wie Thea die ersten Stufen forsch in Angriff nahm. Elisabeth stand darunter, um zu sichern. Je höher das Mädchen kam, desto langsamer wurde es. Anscheinend war ihm doch ein wenig bange vor dem Unbekannten.

Sein blonder Schopf erschien und dann die Augen. „Tante Rebekka! Onkel Aaron!" Sie stieg schnell die letzten Sprossen hoch und umarmte uns beide. Das hatte sie noch nie gemacht. Aber die freudige Überraschung, alte Bekannte an einem fremden Ort zu treffen, war Grund genug.

„Ihr braucht euch vor mir nicht zu verstecken! Ich verrate euch nicht. Ich hab's Großmutter versprochen."

„Das ist gut, Thea. Aber sprich auch nicht so laut! Falls gerade jemand auf den Hof kommt, soll der auch nichts davon mitkriegen."

Aaron sagte: „Du kannst ja schon gut eine Leiter hochklettern! Wenn du nachher wieder runterkletterst, ist es schwieriger. Dann musst du rückwärtsgehen. Am besten, ich gehe voraus, damit ich dich halten kann, falls du fällst."

„Das ist doch nicht nötig, Onkel Aaron! Ich kann das schon. Ich glaube, ich war früher schon mal hier, als ich noch klein war."

„Ach ja? Als du klein warst? Wann war das denn?"

„Weiß ich nicht mehr. Da hab ich mit Mama und Papa Urlaub bei Großmutter und Großvater gemacht."

Sie sah sich um. Dann murmelte sie: „Aber ich durfte nur gucken. Nicht richtig ins Heu springen."

„Du hättest wohl gern mal im Heu geschlafen?"

„Ja. Aber Großvater hat es mir verboten. Im Heu darf man nicht spielen, hat er gesagt. Wenn ich was verliere, zum Beispiel mein Haarspängchen, finden wir's nicht wieder. Denn so was Kleines kann man im Heu einfach nicht finden, auch wenn man ganz lange sucht. Und dann kommt es mit dem Heu zu den Kühen, die fressen es aus Versehen und tun sich schrecklich im Maul weh. Oder es rutscht in den Bauch, und dann sterben sie vielleicht."

„Ja, das hätte passieren können", nickte ich.

„Aber ihr habt ja keine Haarspängchen."

„Nein. Und wenn du uns besuchst, passen wir auf, dass du deines nicht verlierst. Ehe du wieder runtersteigst, gucken wir immer, ob du es noch hast."

„Es wäre schlimm, wenn ein Kälbchen sich verletzen würde. Oder auch Elsa oder Lisa oder Betti."

„So heißen wohl die Kühe?"

„Ja, und Lore und Hanne und Gerda."

„Du bist erst einen Tag hier und kennst die Kühe schon mit Namen. Wir sind schon viele Wochen hier, und ich wusste von keiner Kuh, wie sie heißt. Dabei könnten wir uns fast durch diese Bretter mit ihnen unterhalten."

Thea lächelte. Sie schaute sich neugierig um. „Ihr habt wohl auch gestern Abend Kartoffelsalat und Sülze gegessen?“

„Ja, deine Großmutter bringt uns immer dasselbe, was ihr auch esst.“

„Ich esse nicht gerne Sülze. Aber Großvater hat gesagt, was anderes gibt es nicht. Na ja, da hab ich auch ein kleines Stück gegessen.“

„Mir hat es geschmeckt. Deine Oma kann gut kochen.“

Thea erkundete unser Lager mit den vielen Decken. Einen Teil davon benutzten wir, ein Teil lag für noch kälteres Wetter bereit.

„Onkel Aaron, du sagst ja gar nichts!“, stellte Thea fest.

Der antwortete: „Ja, weißt du, Kind, ich bin ein bisschen traurig.“

„Weil du nicht zu Hause schlafen kannst? Hast du Heimweh?“

„Das auch. Weil wir uns verstecken müssen.“

„Aber dafür kannst du im Heu schlafen“, tröstete sie ihn.

„Ja“, meinte mein Mann mit nur schwachem Lächeln, „da hast du recht. Ich sollte fröhlicher sein.“

Das war ehrlich gemeint. Aaron wusste selbst, dass es nicht gut war, wenn er immer wieder mal in eine so gedrückte Stimmung verfiel. Mit Mut und Zuversicht kann man schwere Zeiten besser durchstehen. Aber wie soll man Schwermut bekämpfen? Es gibt nicht viel, was wir ihr entgegensetzen können.

„Du musst nicht traurig sein, Onkel Aaron. Ich hab Hildchen zu Hause vergessen. Da war ich ...“

„Wen?“

„Hildchen, meine Puppe. Da war ich auch erst traurig. Aber jetzt bin ich wieder fröhlich.“

„Das ist schön für dich, Thea. Aber mir fehlt nicht nur eine Puppe, sondern mein Kind.“

„Meine Puppe ist auch mein Kind!“, sagte Thea entrüstet.

„Aber ... ach, ist gut.“ Aaron winkte ab. Ihm war nicht danach, dem Kind den Unterschied zu erklären. Es hätte ihn doch nicht verstanden.

„Mama hat mir gesagt, dass Jakob in einem anderen Land ist. Ganz weit hinter dem großen Meer.“

„Ja", bestätigte ich. „Da muss er sich nicht verstecken wie wir, sondern kann frei umhergehen, wie er will."

„Warum müsst ihr euch denn verstecken?"

„Weil ... äh ... weil böse Leute uns sonst gefangennehmen."

„Warum denn? Habt ihr sie geärgert? Oder habt ihr ihnen was geklaut?"

„Nichts dergleichen. Sie mögen uns einfach nicht. Weil wir Juden sind."

„Was seid ihr?"

Ich überlegte eine Erklärung, was schwierig war, wenn ein Kind es verstehen sollte. Aber Aaron sagte nur: „Juden."

„Ist das was Schlimmes?"

„Nein. Aber manche meinen, es wäre etwas Schlimmes."

Thea schaute überlegend unter das Dach und drehte unbewusst an den Knöpfen ihres Kleidchens. „Das verstehe ich nicht."

„So richtig verstehe ich es auch nicht", murmelte Aaron.

Ich bemühte mich um eine Erklärung. „Die Juden sind irgendwie ein anderes Volk als die Deutschen. Wir sind zwar auch Deutsche, aber manche wollen das nicht."

„Wie denn – ein anderes Volk?"

„Du hast doch sicher schon mal von Abraham gehört und von Mose oder von David. Das waren auch Juden, die vor uns gelebt haben."

„Dann kann das aber nichts Schlimmes sein."

Aaron ergänzte: „Und Jesus war auch ein Jude."

Man sah, wie es hinter Theas Stirn arbeitete. „Seid ihr denn Feinde, so wie die Franzosen oder die Russen, wo Papa gegen kämpft?"

„Nein, nein!", wehrte ich ab. „So nicht. Ich sagte ja schon, wir gehören auch zu Deutschland."

„Dann würde Papa euch nicht erschießen?"

„Natürlich nicht. Er kennt uns ja auch."

„Und ihr würdet ihn auch nicht erschießen. Ach ...", lächelte sie verlegen, „geht ja nicht! Ihr habt ja kein Gewehr."

„Auch wenn wir ein Gewehr hätten, würden wir nicht auf ihn schießen."

Thea dachte wieder angestrengt nach und fasste zusammen, was sie verstanden hatte: „Aber böse Leute wollen euch erschießen, weil ihr Juden seid, und darum versteckt ihr euch."

Aaron nickte. Ich versuchte etwas abzuschwächen. „Vielleicht nicht gleich erschießen, aber ..."

„Vielleicht aber doch!", unterbrach mich Aaron.

„Wenn jetzt Abraham und David hier wären, würden sie die auch erschießen?"

„Wahrscheinlich", meinte Aaron mit bitterem Unterton. „Jesus jedenfalls haben sie getötet."

Ich sagte: „Das waren aber keine Deutschen, das waren Römer."

„Hätten aber Deutsche sein können", sagte mein Mann trotzig.

„Darum verstehst du sicher", kehrte ich wieder zu einem früheren Punkt unseres Gespräches zurück, „dass wir Jakob in ein anderes Land geschickt haben. Damit ihm nichts passiert. Sein Onkel und seine Tante haben ihn mitgenommen. Wir hoffen, dass wir uns gesund wiedersehen."

„Er kommt bestimmt wieder", war Thea überzeugt.

„Ich wünschte, du hättest recht."

Von unten kam leise Elisabeths Stimme: „Thea!"

Ich öffnete die Klappe einen Spalt. „Sie ist noch hier oben. Ich schicke sie runter."

„Wenn sie will, kann sie mitkommen, Kirschen pflücken."

„O ja!", freute sich Thea und begann langsam, rückwärts die Leiter hinunterzusteigen. Nach einigen Sprossen blieb sie auf einmal stehen, hielt sich mit der Linken fest und fasste mit der Rechten an ihren Kopf.

„Meine Haarspange ist noch da", stellte sie befriedigt fest und kletterte weiter. „Ich komme bald wider!", rief sie uns noch zu.

„Ich freue mich schon darauf", antwortete ich und schloss die Klappe.

15

Harald Born, der grauhaarige Greis, dem man seine vierundachtzig Jahre wegen seiner geraden Haltung und seiner energischen Bewegungen kaum ansah, saß in seinem Sessel und las die Zeitung. Was er schon gelesen hatte – den Mantelteil mit der Politik, das Feuilleton und den Sport –, ließ er links neben dem Sessel auf den Boden fallen. Es war ihm lästig, so viel Papier in der Hand halten zu müssen. Nun las er den Lokalteil.

Plötzlich zuckte er zusammen, als hätte ihn ein Blitz getroffen. Er stierte auf die Zeitung, sein Kopf wurde rot, als stünde ihm ein Schlaganfall oder ein ähnliches Unglück bevor, und vielleicht war das auch so.

Nach einigen Momenten, in denen er gar nichts tat, rieb er sich über das Gesicht, als müsste er etwas Giftiges fortwischen, und beschloss, den Artikel noch einmal zu lesen. Langsam und aufmerksam. Sorgfältig prüfend, ob er sich nicht verlesen hatte.

Da stand:

Denkmal für die ermordeten Juden von Pfalzhof

„(ren) In Pfalzhof soll ein Denkmal für die ermordeten jüdischen Mitbürger errichtet werden, die während der nationalsozialistischen Herrschaft aus unserem Ort vertrieben oder verschleppt worden sind. Deren Ermordung ist nicht in allen Fällen belegt, muss aber leider angenommen werden. Der Stadtrat hat in seiner gestrigen Sitzung die seit langem vorliegenden Pläne für eine solche Gedenkstätte endgültig beschlossen. Sie soll nahe dem örtlichen Friedhof errichtet werden auf einem Grundstück, das schon seit längerem dafür vorgesehen war, unweit des Ehrenmals für die Gefallenen beider Weltkriege.

Mit der künstlerischen Gestaltung wurde ein Künstler aus Pfalzhof beauftragt: Paul Born. Er hat schon bei manchen anderen Kunstwerken seine Fähigkeit unter Beweis gestellt, dem jeweiligen Anliegen einfühlsam Ausdruck zu verleihen. Unser Bild zeigt den Künstler bei der Arbeit an einem Grabstein."

Harald Born stand auf. Nein, er sprang auf wie ein junger Krieger und ließ das Zeitungsblatt einfach fallen. Voll innerer Erregung ging er im Wohnzimmer auf und ab.

Ein Denkmal für Juden! In seinem Ort! Und ausgerechnet sein eigener Enkel sollte es schaffen! Das konnte doch nicht sein! Das durfte nicht sein! Auf seinem Hof sollte es entstehen, unter seinen Augen gewissermaßen! Und direkt unter dem Heuboden, auf dem damals die Juden versteckt waren, die er verjagt hatte! Das wäre eine schallende Ohrfeige für ihn!

Konnte denn niemand mehr begreifen, was doch damals alle wussten: dass das internationale Judentum ... ja, das sagte niemand mehr. Es war nicht nur aus der Mode gekommen, verpönt, nein, man machte sich sogar strafbar, wenn man es wagte, die Wahrheit auszusprechen. Und das nannte sich nun Demokratie, wo die freie Meinungsäußerung vom Grundgesetz garantiert war! Aber wenn einer wirklich sagte, was er dachte – aus guten Gründen! –, dann stand er damit außerhalb der Gesellschaft, in deren Mitte er noch vor fünfzig Jahren gestanden hätte.

Darum hielt Harald sich mit seinen Ansichten zurück. Man könnte das feige nennen. Aber er war ein alter Mann und konnte den Kampf nicht allein führen, den es sicher zur Folge hätte, wenn er seine Überzeugungen öffentlich äußerte. Außerdem kann ein alter Mann nicht auf Dauer in Unfrieden mit seiner Familie leben. Und seine Familie folgte leider auch dem modernen Zeitgeist.

Aber jetzt? Er konnte doch nicht zulassen, dass sein Enkel so etwas tat! Nur wie sollte er es verhindern? Einfach verbieten? Die Menschen ließen sich heute nicht mehr einfach etwas verbieten.

Ihn aus seiner Werkstatt schmeißen? Immerhin gehörte das Gebäude ihm. Aber damit wäre der Krieg in seiner Familie entbrannt. Der Brand wäre nie wieder zu löschen.

Jetzt verstand er auch, warum gestern so ein riesiger Ladekran auf den Hof gefahren war und einen mannshohen Steinblock gebracht hatte. Er, Harald, hatte sich nichts weiter dabei gedacht, nur beschlossen, Paul bei Gelegenheit zu fragen, was daraus werden sollte.

Der Kran hatte den gewaltigen Block direkt vor der Werkstatt abgesetzt, auf hölzerne Rollen, die dabei fast zersplittert wären. Dann war das große Auto mit dem Kran dröhnend vom Hof gefahren, und Paul hatte mit dem Unimog den Stein geschoben. Immer nur ein kleines Stück. Dann war er ausgestiegen, hatte die frei gewordene Rolle vorn wieder untergelegt und hatte erneut geschoben. Als der Block in der Werkstatt verschwunden war – er passte gerade so durchs Tor –, hatte Harald nicht mehr sehen können, was weiter passierte. Aber aus dem Klirren der Ketten hatte er geschlossen, dass Paul noch mit dem Flaschenzug arbeitete.

Sonst hatte Paul größere Objekte immer auf dem Hof liegen gelassen und dort bearbeitet. Warum er diesmal in der Werkstatt arbeiten wollte, obwohl Sommer war, konnte Harald sich nicht erklären. Vielleicht weil er sich auch schämte, ein Denkmal für Juden herzustellen? Unsinn, nein, so dachte Paul nicht. Auch wenn Harald sich das wünschte. Paul hatte wohl mehr von seinem Urgroßvater als von seinem Großvater. Es wäre auch zwecklos, das Projekt zu verstecken, denn nachdem davon in der Zeitung berichtet worden war, wusste es sowieso der ganze Ort.

Was sollte er tun?

Langsam reifte ein Gedanke heran. Vielleicht nicht langsam genug, vielleicht hätte er bei sorgfältigerer Überlegung davon Abstand genommen. Aber er war erregt. Und es war seine Sache nicht, Wut und Ärger, die sich in ihm regten, geduldig unter der Decke zu halten und zu warten, bis sie sich von allein beruhigten.

Er sah seine Telefonliste im Notizbuch durch, tätigte einige Anrufe, notierte sich neue Telefonnummern, die man ihm nannte, rief dort an – ohne dass es ihm bewusst wurde, senkte er dabei verschwörerisch die Stimme –, notierte sich Adressen und legte nach etwa zwanzig Minuten den Hörer endgültig auf.

16

Thea kam in die Wohnung. „Stefanie?"

„Bin in der Küche!" Sie trafen sich im Flur.

„Ich bringe das Kleidchen für Leoni. Die Naht war nur aufgegangen. Es war leicht zu reparieren."

„Danke, Mutter!"

„Aber deine Mutter hat dir doch sicher auch beigebracht, wie man so was näht, oder? Wenn du willst, kann ich's dir zeigen."

„Sie hat es mir beigebracht, aber mein Lerneifer war nicht sehr groß. Auf jeden Fall würde es nicht so gut, wie wenn du es machst." Sie lächelte ihre Schwiegermutter dankbar an.

„Ich gehe dann wieder. Will nicht euern Feierabend stören."

Paul, der gerade hereinkam, sagte: „Bleib doch noch etwas, Mutter! Ich will dir etwas erzählen."

Die beiden Frauen gingen ins Wohnzimmer, während Paul sich wusch und umzog. Als er sich zu den beiden setzte, sagte seine Mutter: „Ist ja ein gewaltiger Stein, den sie gestern gebracht haben. Das soll aber kein Grabstein werden, oder? Ach – vielleicht das Denkmal für die Juden, von dem du erzählt hast?"

„Ja. Ich freue mich, einen schönen passenden Stein dafür gefunden zu haben."

„Weiß Großvater davon?"

„Ich hab's ihm nicht gesagt. Er hat auch noch nicht danach gefragt. Aber er wird es sicher noch erfahren."

Thea sah unter sich.

„Mutter!" Paul hatte Zornesfalten auf der Stirn. „Ich verstehe nicht, weshalb er das nicht wissen soll! Diese Geheimnistuerei geht mir langsam auf die Nerven! Über alles Mögliche soll nicht gesprochen werden. Über meinen Vater darf ich nichts erfahren, vor Großvater soll allerlei geheim gehalten werden ... Wir sind doch kein Kindergarten!"

Seine Mutter antwortete nicht. Einige Zeit saßen alle drei schweigend da, jeder wartete darauf, dass ein anderer die Stille unterbrach.

„Ich habe inzwischen ein Geheimnis teilweise gelüftet", sagte Paul schließlich. „Der Spender der 25.000 Mark ist nicht mein Vater. Er ist ein Unternehmer aus Essen, der als Kind hier auf dem Hof war und von meinem Urgroßvater gut behandelt wurde. Dafür wollte er danken. Er kennt dich übrigens auch, und ich soll dich von ihm grüßen."

„Ach?"

„Er heißt Karl Seifert und ist einer von denen, die ein gewisser Pfarrer Busch nach dem Krieg hergebracht hat, damit sie sich mal satt essen konnten."

„Ah – dann weiß ich, um wen es sich handelt. War ein zurückhaltender, fast schüchterner Junge."

„Aber das bedeutet, dass wieder einer, der mein Vater hätte sein können, ausgefallen ist. Umso drängender ist die Frage, wer es denn nun war. Und, Mutter – es tut mir leid, wenn du das vielleicht als Erpressung empfindest –, aber wenn du nicht endlich mit der Information herausrückst, werde ich über alles, auch das Tagebuch und das Judendenkmal, mit Großvater reden. Ich habe nämlich den Eindruck, dass da ein Zusammenhang besteht. Es wird höchste Zeit, alles auf den Tisch zu legen."

So ernst sprach Paul selten mit seiner Mutter. Entsprechend betreten war das Schweigen. Er wandte den Blick nicht von ihr, was sie als dringende Aufforderung verstand, nun zu antworten. Und so war es auch gemeint. Er würde nicht nachgeben, bis sie geredet hatte.

Und sie redete.

„Es ist alles so verfahren ... die Situation ... Ich sage euch jetzt alles. Dann werdet ihr verstehen, weshalb ich geschwiegen habe. Und dann müsst ihr selbst entscheiden, was ihr damit macht."

„Nur zu!", knurrte Paul.

„Dein Vater ... dein Vater war Jakob Schimmel. Er war Jude, und weil Großvater ein Antisemit war – und wohl noch ist –, habe ich mich nie getraut, mit ihm darüber zu sprechen. Um meiner selbst willen, aber auch um deinetwillen – er hätte dich nie wirklich als Enkel akzeptiert, geschweige denn geliebt. Und ein Geheimnis fordert, um geheim zu bleiben, in der Folge immer weitere Verschwiegenheit. Er hätte ..."

„Jakob Schimmel?", unterbrach Paul. „Der Sohn des Ehepaars, das hier versteckt war?" Pauls Blick wanderte unruhig zwischen seiner Mutter und seiner Frau hin und her.

Thea nickte. „Ja."

Weil Paul schwieg, um diese Information zu verarbeiten, sagte Stefanie: „Das musst du uns ausführlicher erzählen."

„Ja, das werde ich jetzt wohl tun müssen. Müssen, aber auch dürfen. Denn es ist auch eine Befreiung, wenn ich das Geheimnis endlich loswerde."

„Verstehe. Wenn nicht die Angst vor der Reaktion deines Vaters dich ..." Stefanie fand das passende Wort nicht.

„Gefangen hält", ergänzte Thea. „Ja, so ist es. Also ..."

Sie lehnte sich auf der Couch zurück. Es sah aus, als würde sich eine seelische Entspannung auch in der Körperhaltung ausdrücken.

„Ihr wisst inzwischen vielleicht durch das Tagebuch, dass Schimmels und meine Eltern in Wuppertal Nachbarn waren. Allerdings war mein Vater selten da, sonst wäre unser nachbarschaftliches Verhältnis wohl nicht so ungetrübt gewesen. Wir Kinder, Jakob und ich, spielten oft miteinander. Er war nur wenig älter als ich. Wenn das Ehepaar Schimmel im Laden zu tun hatte, war Jakob in unserer Wohnung. Man kann fast sagen, dass wir in diesen Kindertagen wie Geschwister waren.

Dann war Jakob eines Tages nicht mehr da. Ich fragte nach ihm, bekam aber nur unbefriedigende Antworten. Ausführlichere hätte ich wohl auch nicht verstanden. Später erfuhr ich, dass er mit seinem Onkel und seiner Tante nach Amerika ausgewandert war. Schimmels wollten später nachkommen, weil sie noch ihr Geschäft auflösen und möglichst viel verkaufen wollten. Sie hatten wohl den Ernst der Lage für die Juden noch nicht richtig erkannt.

Später waren dann auch die Eltern Schimmel fort, und ich erfuhr erst ein halbes Jahr später, dass sie hier Zuflucht gesucht hatten. Meine Großeltern hatten ihnen das angeboten, und meine Mutter Annemarie hatte sie gedrängt, das Angebot anzunehmen.

Dann kam auch ich hierher. Ich verstand auch das nicht wirklich. Unter Bombenangriffen konnte ich mir nichts vorstellen. Aber ich war gern hier bei den Großeltern auf dem Bauernhof. Und zu meiner Überraschung fand ich dann das Ehepaar Schimmel hier in einem Versteck auf dem Heuboden. Was die beiden hier erlebt haben, habt ihr sicher in Rebekkas Tagebuch gelesen."

„Wir sind erst in der Mitte", erklärte Stefanie.

„Eines Tages kam mein Vater von der Front, wegen einer nicht sehr schweren Verwundung. Er erfuhr, dass ich hier war und dass auch Juden hier versteckt waren. Ich kann mich nicht mehr an sehr viele Einzelheiten aus dieser Zeit erinnern, aber der Zorn meines Vaters ist mir unauslöschlich im Gedächtnis geblieben. Ich verstand überhaupt nicht, warum er böse auf Tante Rebekka und Onkel Aaron war, die doch unsere Freunde waren. Erst später habe ich die Hintergründe begriffen. Vor dem Krieg war seine Feindschaft gegen die Juden wohl nicht so ausgeprägt gewesen. Jedenfalls ist mir nichts davon bekannt, dass er meiner Mutter den Umgang mit Schimmels verboten hätte. Vielleicht hat er es getan, und ich habe es nicht mitbekommen, und sie hat sich darüber hinweggesetzt, wenn er nicht da war. Seine fanatische antisemitische Haltung muss sich wohl unter dem Einfluss der Nazi-Propaganda gebildet haben.

Dass mein Vater die Schimmels in ihrem Versteck nicht gleich persönlich anzeigte, hatte wohl nur den Grund, dass er seine Eltern nicht in Verruf bringen wollte. Und auch sich selbst. Denn er war sehr darauf bedacht, keinen Schatten auf seinen Ruf als treuer Nationalsozialist fallen zu lassen.

Dann waren Tante Rebekka und Onkel Aaron fort. Und mein Vater auch. Er kämpfte in Russland. Mir war trotzdem nicht langweilig. Meine Großmutter war für mich da wie eine Mutter. Großvater hatte nicht viel Zeit, aber die freie Zeit, die er hatte, widmete er mir. Und dann gab es ja auch noch die Tiere.

Eines Tages, das war im Mai '43 nach dem Fliegerangriff auf Wuppertal-Barmen, holte mich Großmutter ins Wohnzimmer, nahm mich auf ihren Schoß und versuchte mir schonend zu erklären, dass meine Mutter nicht mehr lebte. Sie schilderte keine Einzelheiten, nur das Wort Bombenangriff kam darin vor. Ich konnte mir kein Bild davon machen. Ich verstand nicht wirklich, was Tod bedeutet. Großmutter sprach davon, dass sie im Himmel sei. Gut, dachte ich, Papa in Russland und Mama im Himmel. Irgendwann werden sie beide zurückkommen. Erst allmählich begriff ich, nach manchen Gesprächen mit den Großeltern, dass da ein Unterschied bestand. Papa würde vielleicht zurückkommen, Mama bestimmt nicht. Da erst fingen die Tränen an zu laufen.

Dass ich nun nie mehr nach Wuppertal kommen würde, bedeutete mir nicht viel. Mein Zuhause war nun hier bei den Großeltern auf dem Bauernhof."

„Darf ich mal dazwischenfragen?", unterbrach Stefanie. „Hast du auf Seiten deiner Großeltern oder deines Vaters gestanden, als er Schimmels fortschickte?"

„Darüber habe ich mir nicht viele Gedanken gemacht. Oder ich habe sie vergessen. Jedenfalls war es schade, dass Tante Rebekka und Onkel Aaron nicht mehr da waren. Die Spannung zwischen Vater und den Großeltern habe ich wohl gespürt, aber nicht in ihrer Tiefe mitbekommen. Großmutter und Großvater haben auch später in Vaters Abwesenheit nie negativ über ihn gesprochen."

„Kann ich mir denken, nach dem, was ich inzwischen über sie weiß."

„Der Krieg ging zu Ende. Die Amerikaner donnerten mit Panzern durch den Ort. Es war aufregend, aber nicht besonders dramatisch. Gekämpft wurde nicht in Pfalzhof. Der Ortsgruppenleiter der NSDAP war verschwunden, und der Pfarrer ging den Amerikanern mit einer weißen Fahne entgegen. Es wurde erzählt, dass weiter östlich ein schweres Gefecht gewesen sein soll, man habe den Geschützdonner gehört. Vermutlich habe ich ihn auch gehört und gedacht, es sei Donner.

Es begann eine Zeit, in der viele Menschen kamen, um irgendwelche Wertgegenstände gegen etwas Essbares einzutauschen. Da Pfalzhof nicht direkt an der Bahnstrecke liegt, waren es bei uns aber weniger Leute als in anderen Dörfern. Ich musste nicht hungern wie viele andere.

Im Herbst ging Großmutter mit mir in den Wald, um Beeren zu pflücken: Heidelbeeren, Brombeeren, Himbeeren. Sie sagte, das müsse ein besonderes Geschenk Gottes sein, dass ausgerechnet in dieser Hungerzeit so viele Waldbeeren wüchsen. Zu meiner großen Enttäuschung wurden viele der Beeren, die ich mit Mühe gesammelt hatte, nicht von uns selbst gegessen. Großmutter schüttete sie in eine große Milchkanne, brachte sie zur Bahn und verschickte sie an verschiedene Verwandte, die in den zerstörten Städten wohnten.

Das war auch die Zeit, als die Jungen unter Leitung von Pfarrer Busch bei uns waren. Die Abende am Lagerfeuer waren etwas

Neues für mich, eine wunderbare Abwechslung. Von den Jungen waren einige ziemlich frech, aber einige mochte ich. Dazu gehörte auch Karl, Karl Seifert – den Nachnamen hätte ich nicht mehr gewusst, wenn du ihn nicht genannt hättest.

In der Zeit kam auch zum ersten Mal ein Brief von einem gewissen Klaas aus Holland, der sich bei den Großeltern bedanken wollte. Genaugenommen war es die Mutter von diesem Klaas, die schrieb, er hatte den Brief nur ergänzt. Großmutter erzählte mir seine Geschichte. Später hat uns Klaas dann noch einige Male besucht und auch die Großeltern nach Holland eingeladen. Aber die Landwirtschaft hat sie hier festgehalten.

Ich war jetzt in der Schule. Wuppertal war vergessen. Papa war aus dem Krieg und einer kurzen Gefangenschaft nach Hause gekommen. Er musste sich immer wieder bei einer amerikanischen Stelle melden, ich weiß nicht genau, was mit ihm geschah. Er hat nie darüber gesprochen. Ich bemerkte nur, dass er vor und nach solchen Terminen immer besonders schlecht gelaunt war. Wenn er da war, half er Großvater auf den Feldern. Aber ich glaube, er hat sich nicht besonders geschickt dabei angestellt. Er hat sich um andere Arbeit bemüht, aber er hatte nichts gelernt außer dem Soldatenberuf. Er hat wohl auch überlegt, ob er bei der Bundeswehr einsteigen sollte, aber aus Gründen, die ich nicht kenne, hat er Abstand davon genommen. Vielleicht fühlte er sich zu alt. Vielleicht fürchtete er auch, sie würden ihn ablehnen, weil ja bekannt war, dass er in seiner Zeit als Offizier in Hitlers Armee ein entschiedener Nazi gewesen ist.

Mitte der sechziger Jahre war es, dass Jakob auftauchte. Vater war mit Großvater auf dem Acker. Großmutter lebte da noch, war aber kränklich und lag meistens im Bett. Ich war in der Küche und bereitete das Essen vor. Da klopfte es, und Jakob stand in der Tür.

Die Überraschung war groß. Wir fielen uns ganz selbstverständlich in die Arme, was wir als Kinder nie getan hatten. Ohne zu überlegen, ob das jetzt anständig sei, wo wir doch nun junge Erwachsene waren. Nachdem wir uns aus der Umarmung gelöst hatten, waren wir etwas verlegen. Ich bat ihn, mit an Großmutters Bett zu kommen, wenn er erzählte, wie es ihm ergangen war, damit sie es auch hören konnte.

Jakob berichtete, dass er in Amerika gut Fuß gefasst hatte, dass die Sehnsucht nach den Eltern ihm aber zu schaffen gemacht habe. Als der Krieg vorbei war, war er noch auf einem Kolleg. Als er dann aber seine Ausbildung beendet hatte, ist er in die Armee eingetreten. Weil er Deutsch konnte – er hatte seine Sprachkenntnisse gepflegt, Onkel und Tante hatten ihn dazu gedrängt –, schickte man ihn als Übersetzer nach Deutschland.

Natürlich wusste er inzwischen, dass seine Eltern nicht mehr lebten. Wie sie umgekommen waren, war ihm ebenso wenig bekannt wie uns. Aber aus den Briefen, die sein Onkel und seine Tante damals in Amerika bekommen hatten, wusste er, dass seine Eltern sich hier versteckt hatten. Als er nun in Deutschland war und einige Tage frei hatte, wollte er herkommen und ihren Spuren folgen.

Während ich der Erzählung Jakobs lauschte und dabei deutlich eine Zuneigung, ja, eine Verliebtheit zu dem stattlichen jungen Mann wachsen fühlte, erwies sich Großmutter als sehr nüchtern. Sie bat Jakob, unser Haus möglichst wieder zu verlassen, ehe mein Vater und Großvater nach Hause kämen. Wenn ich mich recht erinnere, sagte sie nicht direkt, dass Vater etwas gegen Juden hatte, aber Jakob hat es wohl begriffen. Manchmal denke ich, dass die Geheimnistuerei, wie du es nennst, damals angefangen hat und dass alles vielleicht anders gekommen wäre, wenn wir gleich mit offenen Karten gespielt hätten.

Ich brachte Jakob nach draußen und begleitete ihn noch ein Stück weit auf dem Weg zum Bahnhof. An einer Stelle, wo wir sicher waren, von niemandem gesehen zu werden, unterhielten wir uns weiter. Er fragte, ob mein Vater dafür gesorgt habe, dass seine Eltern ihr Versteck hatten verlassen müssen – er hatte schnell durchschaut, wie die Dinge lagen. Ich musste das bestätigen.

Wir verabredeten, uns wieder zu treffen. Ich merkte, dass er mich auch gern wiedersehen wollte. Zeitpunkte und Orte für weitere Treffen zu finden, von denen mein Vater nichts merken sollte, war nicht einfach. Aber wir gingen sehr erfindungsreich zu Werke. Mal brachte ich für unseren Hof etwas zum Markt, rief vorher Jakob an, und er kam dorthin. Mal hatte er länger frei und kam her, sodass wir uns im Wald treffen konnten. Wir hatten sogar ein Signalsystem ausgeklügelt. Wenn er punkt zwölf anrief und nach dem ersten Läuten gleich wieder auflegte, hieß das, dass ich ihn anrufen sollte. Wir liebten uns, und unsere Liebe wuchs. Und mein Vater bekam nichts davon mit."

„Aber", unterbrach Paul, „das konnte doch keine Zukunft haben! Irgendwann hätte Großvater es doch erfahren müssen."

„Das war uns auch klar. Es gab mir jedes Mal einen Stich, wenn er wieder so eine abfällige Bemerkung über die Juden machte. Das hat er damals noch öfter getan als heute. Aber nicht, weil er heute anders darüber dächte, sondern weil meine Großeltern und auch ich ihm immer wieder über den Mund fuhren, sodass er wohl um des lieben Friedens willen lernte, seine absurden Meinungen für sich zu behalten."

„Und dann bist du schwanger geworden", stellte Stefanie fest.

„Ja. Wir hatten vor, nach Amerika zu gehen. Da wären wir weg vom Einfluss meines Vaters, und Jakob war ja sowieso dort zu Hause. Aber das mussten wir noch verschieben. Jakob wurde nach Vietnam geschickt."

Thea schwieg. Nach einer Weile sagte Paul: „Und von da ist er nicht zurückgekommen."

Als seine Mutter sich etwas gefasst hatte, sagte sie: „Noch jemand aus der Familie, der dem Krieg zum Opfer fiel."

Stefanie, die neben Thea auf der Couch saß, legte die Hand auf ihren Arm.

Paul bat: „Sag mir etwas über meinen Vater! Wie war er – sein Wesen, seine Talente, wie sah er aus? Habe ich etwas von ihm geerbt?"

„O ja!" Thea lächelte wieder. „Die künstlerische Gabe zum Beispiel. Er konnte wunderbar zeichnen. Ich werde euch ein Bild zeigen, das er von mir gezeichnet hat. Ich habe es versteckt. Ich fand immer, er hat mich schöner gezeichnet, als ich in Wirklichkeit war. Auch von ihm habe ich ein Bild, aber ein Foto. Ich habe es oft hervorgeholt und angesehen. Du bist ihm im Laufe der Kindheit immer ähnlicher geworden. Nur dass er höher und schlanker war, du kleiner und breiter. Und was den Charakter angeht – ich habe manchmal den Eindruck, ich stände vor Jakob, wenn ich mit dir im Gespräch bin. Diese, wie soll ich sagen, diese Zielstrebigkeit, verbunden mit einer bescheidenen Freundlichkeit ... Würdest du Paul auch so beschreiben, Stefanie?"

„Könnte man sagen, ja."

„Da sehe ich deinen Vater. Dass du äußerlich kräftiger bist, kann auch durch deine Arbeit kommen."

„Zeigst du mir mal das Bild?"

„Selbstverständlich."

Stefanie fragte: „Aber als du schwanger wurdest, ohne verheiratet zu sein – was haben da die Großeltern gesagt? Sie waren ja fromme Leute und werden das sicher nicht gutgeheißen haben."

„Haben sie auch nicht. Oder genauer gesagt: Großvater hat es nicht gutgeheißen. Großmutter war da schon gestorben. Aber Großvater hat freundlich mit mir geredet, nicht geschimpft. Nun ja, ich war auch zu alt, als dass er mit mir hätte schimpfen können. Als er erfuhr, von wem das Kind war – Jakob war da schon gefallen –, hat er selbst mir geraten, das seinem Sohn, meinem Vater, nicht zu sagen. Er war nicht einverstanden mit dem Lauf der Ereignisse, aber er sagte mir zu, für mich und das Kind zu beten. Ich dankte ihm dafür, denn das hat mir viel bedeutet, auch wenn ich selbst zu der Zeit kein eifriger Beter war. Als Kind habe ich viel gebetet, aber ... nun ja, ich möchte es wieder mehr lernen."

Paul war kurz davor zu sagen, er wolle es ihr gleichtun, aber er schwieg. Es wäre, fand er, ein zu weitreichendes Versprechen, das man nicht aus dem Augenblick heraus geben könne. Für sich aber beschloss er, in die Fußstapfen seines Urgroßvaters zu treten. Ob ihm das gelang? Aber seine Mutter hatte ihm ja gerade Zielstrebigkeit bescheinigt.

„Ich gehe rüber", sagte Thea und stand auf. „Ich glaube, es war gut, dass ich euch alles erzählt habe."

„Ja, es war gut!", bestätigte Paul und stand auch auf. Spontan kam seine Mutter und umarmte ihn, was sie schon lange nicht mehr getan hatte. Tränen standen in ihren Augen.

Dann lösten sie sich voneinander. In der Tür drehte sie sich noch einmal um und sagte: „Übrigens hatte ich mir damals von Jakob die Adresse seines Onkels und seiner Tante in Amerika geben lassen. Vor ein paar Jahren habe ich ihnen geschrieben. Sie sollten doch wissen, dass ihr Neffe ein Kind hat. Sie haben keine Kinder. Später kam ein Antwortbrief. Sie haben sich sehr gefreut, dass ihre Familie nicht ausgestorben ist."

„Ich werde ihnen auch mal schreiben", versprach Paul.

17

7. Februar 1942

Aaron ist krank. Er liegt den ganzen Tag unter seinen Decken und stöhnt. Fieber hat er auch. Wahrscheinlich ist die Kälte daran schuld, die wir nicht gewöhnt sind.

Elisabeth hat zwei Ziegelsteine in den Backofen gelegt und heiß gemacht. Dann hat sie ein Handtuch darumgewickelt und sie uns mit dem Korb raufgeschickt. Aaron war dankbar dafür.

Ich bin allerdings nicht ganz sicher, ob es nur die Kälte ist. Ich fürchte, seine niedergedrückte Stimmung ist mit daran beteiligt, dass er an Kraft verloren hat. Aaron ist immer ein sehr aktiver Mensch gewesen, immer geistig und körperlich in Bewegung. Dass er hier nun zu völliger Untätigkeit verdammt ist, macht ihm zu schaffen. Dazu die Ungewissheit, was die Zukunft bringt.

Ludwig kommt jetzt auch manchmal herauf, weil er ja in dieser Jahreszeit nicht so viel zu tun hat. Die Kühe sind jetzt natürlich immer im Stall. Auf mein Drängen hin hat Elisabeth mir das Melken beigebracht. So melke ich oft morgens. Es dauert aber wesentlich länger als bei Elisabeth. Ich musste versprechen, sehr wachsam zu sein und sofort zu verschwinden, wenn jemand Fremdes auf den Hof kommt.

Wir essen in diesen Tagen zu den Kartoffeln aus dem Keller Sauerkraut, saure Bohnen aus dem Fass und Möhren aus der Sandkiste. In der Hinsicht geht es uns nicht schlechter als den meisten Menschen in diesem Land, vielleicht sogar besser. Aber das Leben besteht ja nicht nur aus Essen.

Thea kommt oft. Sie würde gern jeden Tag kommen, mir wäre das auch recht – wenn schon unser Jakob nicht bei uns ist. Für Elisabeth ist es bei ihrer Arbeit auch eine Entlastung, wenn sie nicht dauernd auf das Kind aufpassen muss. Trotzdem lässt sie nicht zu, dass Thea uns jeden Tag besucht. Wahrscheinlich hat sie Sorge, das Mädchen ginge uns auf die Nerven – was vielleicht für Aaron auch ein wenig stimmt.

Neulich trat Thea an Aarons Lager und sagte: „Ich weiß, wie du wieder gesund werden kannst, Onkel Aaron."

„Ach ja? Wie denn?"

„Du musst beten. Ich weiß, wie das geht. Großmutter hat es mir gezeigt. Soll ich es dir erklären?"

Aaron verkniff sich ein Lächeln und richtete sich etwas auf. „Ja, erkläre es mir!"

„Erst musst du die Finger so ... immer einer von der einen Hand und einer von der andern Hand." Sie zeigte ihre gefalteten Hände.

„Warum?"

„Das muss eben so sein."

„Wir Juden beten aber anders. Man kann auch zum Beispiel die Arme so heben." Er machte es vor.

Thea wirkte unsicher. „Meinst du, dass es so auch funktioniert?"

„Ich glaube, dass die Haltung der Hände nicht wichtig ist beim Gebet."

„Wenn du meinst ... Aber jetzt geht es richtig los. Du sagst: Lieber Gott! Großmutter sagt manchmal auch: Lieber Herr Jesus. Das geht auch. Weil Jesus ja der Sohn ist von Gott. Da ist es ganz egal, mit wem du sprechen willst. Sagt Großmutter."

„Das verstehe ich. Aber ich bleibe lieber bei Gott."

„Du sagst also: Lieber Gott! Dann weiß er, dass er gemeint ist. Du brauchst auch nicht ‚Guten Morgen' oder ‚Guten Abend' oder so was zu sagen."

„Das leuchtet mir ein. Denn Gott hat ja immer einen guten Tag, weil er allmächtig ist. Also braucht man ihm den nicht zu wünschen."

Ich hatte den Eindruck, dass Aaron in diesem Gespräch auf dem schmalen Grat zwischen scherzhaftem Eingehen auf das Kind und Ernsthaftigkeit balancierte.

„Ja, und dann sagst du ihm, was du möchtest. Also zum Beispiel: ‚Mach mich bitte gesund', oder ‚Schenk mir bitte einen Hund' oder so."

„Einen Hund? Was soll ich denn damit?"

„Ach, ich hab nur ... Das war nur mal so ein Beispiel, weil ich um einen Hund gebetet habe. Aber du natürlich nicht. Du musst dann eben beten, dass du gesund wirst und dass dir nichts wehtut und dass du wieder fröhlich wirst."

„Ich kann doch sicher auch dafür beten, dass uns keine bösen Menschen hier oben entdecken."

„Klar!"

„Und dass die kleine Thea immer schön wachsam ist und niemandem von unserm Versteck erzählt."

„Dafür brauchst du nicht zu beten! Das mache ich schon nicht!"

„Aha. Gut. Und dann?"

„Dann musst du Amen sagen. Das ist das Zeichen für Gott, dass das Gebet jetzt zu Ende ist. Einfach ‚Amen'. Weiß auch nicht, warum das so heißt, und warum man nicht einfach ‚Schluss' sagt."

„Amen bedeutet: So soll es sein."

„Ach – hast du das schon gewusst?"

Aaron nickte. „Ja, ich habe früher auch manchmal gebetet. Aber ich muss zugeben: lange nicht mehr."

„Na, dann musst du dich nicht wundern, wenn du krank bist. Du musst heute beten. Du weiß ja jetzt, wie es geht."

„Vielleicht hast du recht. Ich werde es versuchen. Heute Abend, wenn alles um mich her still ist. Ich weiß nämlich auch manches über das Beten, das ich dir verraten kann. Nicht nur du musst mir was erklären."

„Was denn?"

„Man muss gar nicht laut mit Gott sprechen. Auch wenn man es nur in Gedanken tut – oder man kann auch sagen: im Herzen –, auch dann hört Gott. Glaube ich."

Thea sah ihn an, überlegte kurz und kam zu der Überzeugung, dass das stimmte. Sie nickte.

Aaron sank wieder auf sein Lager zurück. Thea setzte sich auf dem Hocker mir gegenüber auf der anderen Seite der Truhe, auf der ich schon das Mensch-ärgere-dich-nicht-Spiel aufgebaut hatte.

„Spielen wir, Tante Rebekka?"

„Na klar! Was meinst du, weshalb ich es sonst aufgebaut habe? Onkel Aaron muss liegen bleiben."

„Vielleicht wolltest du ja ... mit den Kühen spielen." Sie musste das wohl ungeheuer lustig finden, denn sie lachte aus vollem Hals.

„Nimmst du wieder die roten Figuren?"

„Klar. Rot ist meine Lieblingsfarbe. Noch besser wäre rosa, aber das gibt es ja nicht."

„Dann fang mal an!"

Sie würfelte drei Mal, um eine sechs zu bekommen, jedes Mal heftiger, weil es nicht klappte. Der dritte Wurf ging zu weit, der Würfel rollte über die Truhe hinaus auf die Bohlen und verschwand in einem Schlitz.

„Ach du Schreck!"

„Klettere schnell runter! Sonst frisst noch die Lisa unseren Würfel. Der ist vielleicht nicht so gefährlich wie deine Haarspange, aber es wäre blöd, wenn wir dann nicht mehr spielen könnten, weil wir keinen Würfel haben."

„Oder ..." Thea lachte. „Wir müssen warten, bis Lisa einen Kuhfladen macht ..." Sie lachte noch lauter. „Und wir müssen darin suchen ..."

„Schon gut!", unterbrach ich. „So genau brauchst du es nicht zu schildern."

Thea krümmte sich vor Lachen. Sogar Aaron schmunzelte. Dann stieg sie hinunter und kam erst nach einigem Suchen, das von Gemurmel und Gelächter begleitet war, wieder herauf. Kaum erschien ihr Oberkörper in der Luke, zeigte sie triumphierend den Würfel. „Weißt du, wo ich ihn gefunden habe?"

„Nein, aber ich will es auch nicht wissen. War es nicht nötig, ihn abzuwaschen mit Wasser?"

„Ich hab ihn an meinem Hemd abgeputzt."

Aaron brummte: „Da hoffen wir mal, dass ihr beide nicht auch noch krank werdet."

Als ich in der Nacht still neben Aaron lag und nicht einschlafen konnte, dachte ich: Ob er jetzt betet, wie er es Thea versprochen hat?

Und dann kam ich auf den Gedanken, der ja eigentlich nahelag, aber mir hatte er fern gelegen: Ich könnte eigentlich auch beten. Das tat ich dann auch. Jedenfalls denke ich, dass es ein Gebet war. Ich habe mich ziemlich genau an Theas Anweisungen gehalten und musste dabei etwas schmunzeln, was man ja beim Beten sonst eigentlich nicht tut. Nur der Mittelteil meines Gebetes war etwas länger.

Als Thea am nächsten Tag wieder kam, fragte sie gleich: „Hast du gebetet, Onkel Aaron?"

„Äh – ja, habe ich."

„Und – bist du gesund?"

„Nun, gesund noch nicht. Aber du wirst lachen, ich fühle mich besser."

„Wieso soll ich da lachen? Du meinst, weil ich mich mit dir freue?"

„Ach, das ist so ein Ausdruck, den gebraucht man, wenn man etwas ganz Erstaunliches erzählt, was der andere vielleicht gar nicht glaubt. Da sagt man manchmal: Du wirst lachen."

„Warum sollte ich das nicht glauben, dass es dir besser geht, Onkel Aaron? Wenn du doch dafür gebetet hast!"

Ich dachte bei mir: Da hast du recht. Auf einmal erschien es mir sonnenklar, dass es Aaron besser ging, weil er seine Bitte vor den allmächtigen Gott gebracht hatte. Und ich auch. Warum finden wir das manchmal so erstaunlich? Und zu anderen Zeiten scheint es uns ganz selbstverständlich.

Aaron sagte: „Ich bin aber noch nicht richtig gesund."

„Großmutter sagt, da muss man Geduld haben."

„Meinst du …", begann Aaron. Wieder wusste ich nicht: Fragt er allen Ernstes dieses Kind? Will er sich über es lustig machen? Will er nur freundlich auf es eingehen? Oder will er durch Fragen sein eigenes Denken anregen? „Meinst du, dass Gott alle Gebete hört, wenn wir nur

Geduld haben und lange genug warten? Und natürlich ordentlich Amen sagen?"

„Nein." Thea schüttelte den Kopf, dass die blonden Haare flogen. Als sie das merkte, fühlte sie rasch, ob die Haarspange noch an Ort und Stelle saß. „Nein, manchmal sagt Gott: Das ist Quatsch, was du da betest! Ich weiß es besser. Ich tue das nicht."

„Ach ja?"

„Zum Beispiel mein Hund. Großvater hat mir erklärt: Wenn ich jetzt einen Hund hätte und ich könnte wieder nach Hause, dann könnte ich ihn gar nicht mitnehmen. Weil wir ja im dritten Stock wohnen. Dann müsste der arme Hund, wenn er mal muss, viele Stufen runter und wieder rauf. Das hab ich verstanden, und darum ist es gut, dass Gott mir keinen Hund schenkt. Obwohl ich gern einen hätte."

„Hm. Das leuchtet mir ein."

Ich sagte: „Und du meinst, wenn Onkel Aaron nicht gleich gesund wird, hat Gott auch dafür einen guten Grund?"

Jetzt war es Thea wohl doch etwas unheimlich, dass wir ihr so tiefsinnige Fragen stellten. Sie meinte: „Am besten fragt ihr Großmutter oder Großvater. Die wissen das alles noch viel besser als ich. Die kennen Gott ja auch viel besser, weil sie schon so alt sind und jeden Tag mit ihm reden."

Das ist eigentlich ein guter Vorschlag, dachte ich.

18

Die Kneipe war voller junger Männer.

Die drei oder vier Mädchen dazwischen fielen kaum auf. Wenn jemand in der Masse auffiel, dann eher die zwei oder drei Männer, die ziemlich schmächtig waren. Die übrigen trugen entweder ihren muskulösen Oberkörper zur Schau, indem sie ihn nur mit einem eng anliegenden T-Shirt bedeckten, oder aber sie trugen mit kaum weniger Stolz eine beachtliche Körpermasse mit sich herum, die zwar durchaus nicht nur aus Muskeln bestand, aber trotzdem auf eventuelle Gegner furchteinflößend wirken musste.

Die meisten Anwesenden hatten ihre Kopfhaare geschoren, auch Bärte trugen sie nicht.

Ziemlicher Lärm füllte den Raum. Hier standen einige um den Billardtisch, dort spielte eine Gruppe Karten, aber die meisten saßen nur da, unterhielten sich, lachten über wüste Witze, tranken Bier und rauchten. Aus einem Lautsprecher drang hämmernde Musik.

Ein langer, schlaksiger Mann, der gerade aus dem Fenster sah, versuchte die Aufmerksamkeit seiner Kameraden zu finden. Das war schwierig, weil gerade jemand einen Witz gemacht hatte und alle laut lachten. Dann aber drang der Beobachter mit seiner Stimme durch.

„Kommt doch mal her! Wir kriegen Besuch von einem uralten Mann in einem uralten Auto."

Die Plätze vor den Fenstern waren schnell besetzt.

„Der arme Kerl hat sich wohl verirrt."

„Na, er wird seinen Irrtum schnell feststellen, wenn er zur Tür reinkommt, und sofort wieder umkehren."

„Das Auto ..."

„Was ist damit? Eine alte Kiste!"

„Ja, aber wertvoll! Borgward Isabella. Ein Oldtimer. Glaub's mir, die Karre bringt Kohle, ich kenne mich aus. Wenn ich die hätte, dann hätte ich fürs Erste ausgesorgt."

„Er hat recht", bestätigte ein anderer. „Das Ding ist mehr wert als eine Harley."

„Wollen wir's uns holen?"

Die Tür öffnete sich, und alle sahen gespannt hin, um sich am Schreck des alten Mannes zu freuen.

Aber der schreckte nicht zurück. Im Gegenteil, ganz gelassen ging er zur Theke, nickte freundlich in die Runde und bestellte sich ein Bier.

Es war ruhiger geworden im Raum. Jemand hatte sogar die Musik leiser gedreht.

Der Wirt knallte ein Bierglas vor dem Alten auf die Theke. Der trank aber nur den Schaum ab.

Einer der jungen Männer kam heran. „Na, Alter, was führt dich zu uns? Das hier ist eine Stammkneipe. Leute, die nicht zu uns gehören, sind selten hier."

„Ich weiß."

„So, das weißt du? Und kommst trotzdem?"

„Wie du siehst."

„Werd nicht frech, Alter! Ich könnte sonst ungemütlich werden."

„Frech?" Der Fremde tat erstaunt. „Kann ein alter Mann nicht in einer öffentlichen Kneipe sein Bier trinken? Wenn er deswegen angepöbelt wird – das ist frech!" Er nahm noch einen kleinen Schluck.

Der andere konnte seinen Ärger nicht zurückhalten – so etwas hatte er nie gelernt – und schlug von unten leicht gegen das Bierglas. Das Getränk schwappte dem Alten auf das Hemd und die Jackenaufschläge. Er stellte das Glas ab und wischte mit dem Handrücken über die nass gewordenen Stellen. Alle Blicke folgten seiner Bewegung.

„He – was ist das?"

Alle sahen das Abzeichen auf seinem Kragen.

„Das Eiserne Kreuz!"

„Ist das echt?"

Der Alte lächelte. „Was denkst du denn?"

„Leute!", rief einer laut. „Kommt mal her! Wir haben einen Helden unter uns! Einen deutschen Helden aus dem Weltkrieg! Jo – du entschuldigst dich sofort bei unserm Ehrengast!"

„Tut mir leid!", sagte der Sprecher von eben. „Ich wusste ja nicht ..."

„Setzen Sie sich zu uns! Sie sind unser Gast. Theo, das Glas geht auf mich! Erzählen Sie uns von Ihren Erlebnissen! Wofür haben Sie das Eiserne Kreuz gekriegt?"

Der alte Mann wollte sein inzwischen halb leeres Glas nehmen, aber der Wirt stellte ihm ein neues, volles hin. Das griff er nun und folgte der Gruppe und ihrem Anführer zu einem der Tische.

Und er erzählte – so ausführlich, wie er schon lange nicht mehr vom Krieg erzählt hatte. Einige der Leute spielten zwar weiter Billard, aber die meisten zogen sich Stühle heran und umringten den Kriegshelden. Der musste gar nicht viel übertreiben, es stimmte ja alles, was er an Abenteuern auftischte.

Es dauerte lange, man wurde müde, die spannendsten Dinge waren berichtet, Bier war zweimal nachgeschenkt. Da sagte der „Ehrengast":

„Ja, das waren noch Zeiten! Manchmal sehne ich mich zurück. Sicher, es war gefährlich, es gab unglaubliche Strapazen, wir haben viele gute Kameraden verloren, aber es herrschte ein anderer Geist als heute."

„Da haben Sie vollkommen recht, Herr Leutnant! Das beklagen wir auch."

„Zum Beispiel ... Moment, wo habe ich ..." Er zog einen zusammengefalteten Zeitungsartikel aus der Tasche und legte ihn auf den Tisch. „Das solltet ihr mal lesen! Eine ungeheure Geschichte. Da wollen sie in meinem Dorf ein Ehrenmal für die vertriebenen Juden errichten. Gleich neben dem Ehrenmal für die Gefallenen beider Weltkriege. Man stelle sich das vor: links die gefallenen Helden. Es sind achtzehn aus dem Ersten Weltkrieg und siebenunddreißig aus dem Zweiten. Das sind fünfundfünfzig deutsche Männer, die ihr Leben für ihr Volk gelassen haben. Aber die Namen sind verblasst, der Gedenkstein ist von Flechten überwuchert und außerdem ziemlich billig. Und rechts, nur etwa fünfzehn bis zwanzig Meter entfernt, soll jetzt ein Gedenkstein aufgestellt werden, größer als der andere, künstlerisch anspruchsvoll, und darauf die Namen von elf Juden. Nur elf gegen fünfundfünfzig. Warum? Weil es Juden sind!"

Die jungen Männer gaben verschiedenste Laute der Empörung von sich. Als das abgeebbt war, fragte einer von den Schmächtigen: „Wollen Sie sagen, wir sollen etwas dagegen unternehmen?"

Der Alte antwortete: „Dazu kann ich gar nichts sagen. Ich kann euch doch keine Vorschriften machen. Es ist nur so, dass ich etwas unternehmen würde, wenn ich jünger wäre. Aber ich bin alt und allein."

„Wir sind weder alt noch allein", knurrte einer von den Dicken.

„Und dann ist da noch etwas, was mich hindert. Der Künstler, der den Stein für das Denkmal bearbeitet, ist mein Enkel. Er hat seine Werkstatt auf meinem Bauernhof. In der Mitte des Dorfes. Ich kann ihm das nicht persönlich übel nehmen, er muss ja Geld verdienen, um seine Familie zu ernähren. Hat auch nicht so viel

Ahnung von dem, was die Juden unserm Volk angetan haben. Darum will ich nicht, dass ihm was passiert. Aber das Ding, der Stein ... Na ja, ich hab jetzt lange genug geredet. Ich muss dann mal wieder. Alte Leute gehören ins Bett." Er lächelte in die Runde. „Ach, wäre ich noch mal so jung wie ihr! Also – einen schönen Abend noch! Und danke für das Bier! Den Zeitungsartikel könnt ihr behalten."

„Ist doch selbstverständlich!", „Danke für die Berichte von der Front!", „Besuchen Sie uns mal wieder!". Jeder sagte irgendetwas. Sie brachten ihn zur Tür, einige begleiteten ihn sogar bis zu seinem alten Auto. Als er eingestiegen war und losfuhr, hoben sie die Hand zum Gruß.

19

Stefanie stand vor dem Stein und betrachtete ihn schweigend.

„Gefällt er dir?“, fragte Paul mit ein wenig Stolz in der Stimme. Leoni stand schweigend daneben. „Er ist natürlich noch nicht fertig.“

„Wunderschön! Wirklich, Paul! Und wenn das alles vorn ganz glatt ist, kommt die Maserung noch besser raus, und dann ist er noch schöner.“

„Ich werde noch einige Wochen zu tun haben, bis er fertig ist.“

„Ich weiß ja, dass Künstler ihre Werke nicht gern erklären und deuten. Darf ich es dafür tun?“

„Bitte!“

„Diese senkrechten Linien sind verschiedene Sedimente aus der Urzeit und lagen früher waagerecht. Du hast den Stein gedreht, so dass sie nun von oben nach unten laufen. Vielleicht haben die Erdbewegungen ihn auch schon vorher gedreht. Die Linien erinnern an den Lauf der Zeit. Mich jedenfalls. Und dann kommt da ein Hindernis. Dieser Fremdkörper trennt die Linien, die vorher zusammen gelaufen sind. Da dachtest du an die Nazizeit, die die Menschen auseinandergerissen hat. Verfolgung, Hass, Massenmord haben das Miteinander gestört. Aber nun laufen die Linien wieder zusammen. Das Hindernis ist überwunden. Ist das so richtig?“

„Du weißt, dass ich nie sage, dass eine Deutung richtig oder falsch ist. Aber ich freue mich, dass du das darin siehst.“

Leoni sagte: „Ich finde den Stein auch schön, Papa.“

„Dann sag mir mal, was du daran schön findest!“

„Er ist so ... so groß! Und hier so schön wie ein Spiegel.“

„Da hab ich schon poliert. Das wird noch so auf der ganzen Vorderseite."

„Und das hier in der Mitte, das Braune, das sieht aus wie ein Wassertropfen."

„Wie eine Träne", murmelte Stefanie.

Paul holte, während die beiden den Stein noch still betrachteten, ein Papier. Das zeigte er seiner Frau.

„Das ist der Entwurf für die Schrift. Da unten links kommen die Namen hin. In alphabetischer Reihenfolge der Familiennamen. Ohne Schnörkel in klarer, leicht lesbarer Schrift."

Stefanie sah auf das Blatt und überflog die Namen.

„Schimmel?" Sie sah Paul an. „Unsere Schimmels? Die hast du aber nicht vom Bürgermeister genannt bekommen."

„Nein, davon weiß man in der Stadtverwaltung nichts. Sie waren ja nicht amtlich hier registriert."

Leonie verließ die Werkstatt. Sie hatte alles gesehen, was sie sehen wollten.

„Darfst du das denn? Einfach einen Namen dazusetzen?"

„Ich tue es einfach."

„Ich weiß nicht, Paul ..."

„Es ist eigentlich mein Name. Es sind meine Großeltern."

„Ja, sicher. Aber solltest du nicht wenigstens mit den Verantwortlichen darüber sprechen?"

„Ja, das tue ich noch. Aber es stimmt doch, nicht wahr? Sie haben hier gelebt. Fast ein Jahr."

Stefanie lehnte sich an die Werkbank. „Würdest du lieber Schimmel heißen?"

„Der Name ist mir egal. Nein, ich bin an Born gewöhnt. Aber ich möchte, dass es kein Geheimnis mehr ist, wer mein Vater war. Alle sollen es wissen."

„Alle – das heißt auch Großvater."

„Ja, auch er soll es wissen. Ich will nur nichts überstürzen. Die richtige Gelegenheit abwarten. Aber er soll Stellung beziehen müssen. Er soll wissen, dass sein Enkel Halbjude ... so sagten sie doch damals, nicht? ... Halbjude ist. Und dass seine Urenkelin, die er so gern hat, Vierteljüdin ist. Mal sehen, was er dann von sich weist, uns oder seine alten Vorurteile."

„Es wird nicht leicht für ihn werden."

„Selbsterkenntnis und Erkenntnis der eignen Fehler können schwer sein. Ist aber nötig. Er hat auch anderen das Leben schwergemacht."

Stefanie nickte. „Dir und vielleicht noch mehr deiner Mutter. Auch in ihrem Leben war diese Störung." Sie zeigte auf den Einschluss in dem Stein.

„Diese Träne. Du hast die Träne erkannt, Stefanie, die ich gar nicht gesehen habe. Danke!"

„Das war deine Tochter."

„Nein, du! Sie hat nur einen Wassertropfen gesehen. Manche Wassertropfen der Kinder verwandeln sich später in Tränen", fügte er grüblerisch hinzu.

„Können es nicht auch Tropfen vom Freudenwein werden? Komm, lass uns das Philosophieren einstellen! Obwohl ich verstehe, dass du mit den neuen Erkenntnissen über deine Herkunft zu tiefsinnigen Überlegungen neigst. Die solltest du in deine Skulptur einfließen lassen. Hast du ja auch schon. Ich gehe dann mal. Du kannst in einer halben Stunde zum Abendessen kommen."

Paul arbeitete weiter. Er war immer mit ganzem Herzen bei seinen Werken – von den wenigen Ausnahmen abgesehen, wo man ihm zu genaue Vorschriften machte, die seinem künstlerischen Empfinden zuwider waren. Aber diesmal arbeitete er mit besonderer Hingabe.

Als die von seiner Frau genannte Zeit verstrichen war, und auch etwas mehr, legte er sein Werkzeug weg, warf noch einen letzten Blick auf seine Arbeit und ging in die Wohnung. Die

Werkstatt lag verlassen da, nur die Katze schlich dicht vor dem Tor über den Hof.

Noch war es nicht dunkel, aber lange würde es nicht mehr dauern. Da kam Harald Born aus dem Fachwerkhaus. Er sah sich um, obwohl er schon am Fenster kontrolliert hatte, dass der Hof verlassen war, und eilte zur Werkstatt. Natürlich hätte er auch jederzeit am Tag kommen und mit Paul über seine Arbeit sprechen können. Aber er fürchtete sich vor dessen Antwort. Nein, Paul sollte nicht wissen, dass sein Großvater wusste, was dies werden sollte. Dann konnte er sich später glaubhafter von dem distanzieren, was seine „Hilfswilligen" hoffentlich tun würden.

Leise öffnete er und huschte schnell hinein.

Drinnen war es nun so dämmrig, dass er, um nicht das große Licht einschalten zu müssen, seine Taschenlampe herauszog. In strategischer Voraussicht, wie sie einem ehemaligen Offizier anstand, hatte er die eingesteckt.

Vor ihm erhob sich der gewaltige Steinbrocken. Paul hatte ihn an der Vorderseite schon bearbeitet. Man konnte erkennen, dass die glatte Fläche mit dem Fehler darin dem Betrachter zugewandt sein sollte. Aber warum hatte der Junge denn einen Stein mit einem Fehler genommen? Hätte er nicht einen finden können, der klar und makellos war?

Na ja, das mochte wohl moderne Kunst sein, die man früher entartet genannt hatte und die trotzdem, oder vielleicht sogar deswegen, jetzt allgemein anerkannt war.

Harald leuchtete umher. Auf der Werkbank lag ein Blatt Papier. Schrift darauf. Anscheinend hatte Paul einen Entwurf davon gemacht, wie die Namen auf dem Gedenkstein gestaltet werden sollten. Er besaß Schablonen für verschiedene Schriftarten, mit denen er vorzeichnen konnte.

Er wich aber manchmal kreativ davon ab, wie Harald wusste, und veränderte die Buchstaben etwas.

Der alte Mann las die Namen. Einige waren ihm nicht fremd. Zum Beispiel von der Familie Abraham hatten die Eltern manchmal erzählt.

Schimmel?

Da stand ja Schimmel! Waren das etwa die, die sich hier eingeschlichen und die Familie in Gefahr gebracht hatten? Die früheren Nachbarn? Die er hier rausgeworfen hatte? Und die sollten mit einem Denkmal geehrt werden?

Harald war so überrascht und gleichzeitig empört, dass ihm das Blut in den Kopf schoss und ihm schwindelig wurde. Er lehnte sich an die Werkbank und stützte sich ab.

Schimmel! Es musste unbedingt verhindert werden, dass denen auch noch Ehre zuteil wurde – und dass damit, wenn auch unausgesprochen, er, Harald Born, nachträglich kritisiert wurde! Das durfte nicht sein!

Am liebsten hätte er das Papier zerrissen und die glatte Fläche des Steins beschädigt. Aber die Vernunft siegte über den Zorn des Augenblicks. Das Papier zu zerreißen brachte gar nichts, das war jederzeit neu zu machen. Und den Stein zu beschädigen wäre erstens mühsam und würde zweitens Lärm machen. Was würde sein Enkel wohl sagen, wenn sein eigener Großvater sein Werk zerstörte! Nein, das mussten andere machen.

Der Alte verließ die Werkstatt und schloss leise die Tür. Niemand sah ihn, außer der Katze, die immer noch umherschlich wie eine Patrouille im Feindesland und wahrscheinlich Mäuse suchte. Er schaltete in seinem Zimmer noch die Fernsehnachrichten an, aber nur aus Gewohnheit. Nach zehn Minuten merkte er, dass er gar nicht zuhörte, und schaltete das Gerät wieder aus. Bald ging er ins Bett, konnte aber lange keinen Schlaf finden.

20

14. März 1942

Elisabeth kam herauf und setzte sich zunächst wortlos auf die Truhe. Ich merkte, dass sie bedrückt war. Nach einer Weile des Schweigens begann sie zu erzählen.

Ihr Neffe war gefallen. Sie gebrauchte dieses Wort, aber verbesserte sich gleich: „Es hört sich unpassend an. Bei ‚gefallen' denkt man an einen erfahrenen Soldaten, den eine Kugel trifft, aber nicht an einen unerfahrenen Jungen wie ihn."

Ihre jüngste Schwester hatte mehrere Kinder. Von ihrem jüngsten Sohn war hier die Rede. Ich bin allerdings nicht sicher, ob ich die Verwandtschaftsverhältnisse richtig verstanden habe. Sie setzt manchmal bei ihren Erzählungen Dinge als bekannt voraus, die wir gar nicht wissen können. Oder sie erwähnt etwas nur so nebenbei, dass ich es mir gar nicht richtig einprägen kann, weil ihre Erzählung schnell weitergeht.

Dieser junge Mann – ich sage mal, ihr Neffe – hieß Hans-Günther. Er war siebzehn.

„Ein schmächtiger Junge war er. Gar nicht so prahlerisch im Bewusstsein seiner Kraft, wie das bei jungen Männern in dem Alter oft ist. Bescheiden war er und sensibel. Aber künstlerisch hochbegabt. Er spielte wunderbar Geige und wollte Musik studieren. Als ich ihn zum letzten Mal sah, das muss vor ... ja, vor drei Jahren gewesen sein. Da war er vierzehn. Da traf sich die Familie bei der Hochzeit von Hans-Günthers großer Schwester. Er spielte bei der Trauung in der Kirche, ganz allein, nur von der Orgel begleitet. Es war wunderschön, und ich merkte, dass ich nicht die Einzige war, die Tränen in den Augen hatte."

Anscheinend stand die Erinnerung wieder so lebendig vor ihr, dass auch jetzt ihre Augen feucht schimmerten. Oder war es schon wegen des traurigen Fortgangs der Geschichte?

„Sie haben ihn einberufen. Er hatte furchtbare Angst. So hat es mir meine Schwester in ihrem Brief geschrieben. Und ich glaube ihr aufs Wort. Es war, als wären meine Schwester und ihre größeren Kinder – ihr Mann ist auch an der Front – sich einig: Das überlebt Hans-Günther nicht. Er hat zu viel Angst. Er ist dem nicht gewachsen. Die Welt des Krieges, wo getötet und gestorben wird, die Welt voller Kanonendonner statt zarter Saitenklänge, voller gebrüllter Befehle und Schmerzens- und Todesschreie statt lieblicher Musik, diese Welt ist so anders, dass er sich darin nicht zurechtfindet. Das hält er nicht lange durch.

Er verabschiedete sich mit Tränen. Es war ein Abschied für immer. Schon am vierten Tag kam die Nachricht, dass er für Führer, Volk und Vaterland den Heldentod gestorben ist.

Diese Formulierungen fügten dem Leid seiner Mutter noch einen gehörigen Schuss Bitterkeit hinzu."

„War er schon in einen Kampfeinsatz geschickt worden?"

„Die Einzelheiten weiß ich nicht. Offenbar schon. Jedenfalls haben Kameraden berichtet, dass sie unverhofft in Granatfeuer gerieten. Sie warfen sich alle auf den Boden. Hans-Günther blieb einfach stehen. Sie schrien ihm zu: ‚Runter mit dir!' Aber es war, als hörte er es nicht. Die Kameraden waren sich uneinig, ob er so verängstigt und verwirrt gewesen ist, dass er in eine Art Schockstarre verfiel und dadurch unfähig war, vernünftig zu handeln, oder ob er vielleicht sogar getroffen werden wollte, um diesem Entsetzen möglichst schnell ein Ende zu machen. Wenige Augenblicke später fiel er hin, vielfach von Granatsplittern getroffen."

Sie schwieg. Ich legte die Hand auf ihren Arm. „Es tut mir sehr leid, Elisabeth!"

„Was ist das für eine Zeit, in der Siebzehnjährige von der Schule aufs Schlachtfeld geschickt werden wie erfahrene Krieger? In der Menschen, die sonst vielleicht Zigtausende mit ihrer Musik hätten erfreuen können, ihr Leben bei einer Aufgabe verlieren, der sie sowieso nicht gewachsen sind?"

Was sollte ich antworten? Es ist ja auch eine Zeit, in der Menschen wie wir, Aaron und ich, grundlos verfolgt werden und sich verstecken müssen. Das sagte ich nicht, weil ich bei Elisabeth nicht den Eindruck erwecken wollte, ich suchte ihr Leid zu relativieren. Anscheinend dachte sie selbst aber auch an uns und unsere Angst.

„Und eine Zeit, in der sich Leute anmaßen zu entscheiden, wer leben darf und wer nicht. Wer wertvoll ist und wer verachtungswürdig."

Wir schwiegen.

Erst nach einiger Zeit fuhr Elisabeth fort: „Was mir am meisten zu schaffen macht, ist die Frage: Wo ist unser Gott, von dem es heißt, dass er eine Hilfe ist in den großen Nöten, die uns getroffen haben? Dass er die Kriege steuert in aller Welt, Bogen zerbricht, Spieße zerschlägt und Wagen mit Feuer verbrennt? Das Wort müsstet ihr auch kennen, es steht in den Psalmen."

Ich antwortete: „Ja, wir müssten es wohl kennen, aber wir sind, wie wir leider sagen müssen, nicht sehr mit der Schrift vertraut. Weder mit dem Talmud noch mit den Schriften, die ihr Christen als Altes Testament in eure Bibel aufgenommen habt."

Sie sprach weiter, ohne auf meine Worte einzugehen: „Vielleicht soll uns dies alles Geduld lehren, und Hoffnung. Erwartung des ewigen Friedensreiches, das Gott versprochen hat. Nicht des Tausendjährigen Reiches, von dem jetzt dauernd die Rede ist und das Menschen errichten wollen. Errichten mit Blut und Elend ungezählter Leben."

„Du hast leider recht. Was müssen das für schreckliche tausend Jahre sein, in denen Menschen sich vor anderen verbergen müssen und Kinder schießen sollen, statt Musik zu machen."

Elisabeth beugte sich zu mir herüber und fasste meine beiden Hände. „Und mein eigener Sohn ..." Sie schluckte, und die Tränen, die schon eine Weile in ihren Augen gestanden hatten, quollen nun heraus und nässten ihr Gesicht. „Mein eigener Sohn macht begeistert mit bei dieser neuen Zeit!"

Ich hatte keine Trostworte für sie.

Aaron meldete sich von seinem Lager. „Hans-Günther war siebzehn?“

Elisabeth nickte.

„So alt ungefähr wie Klaas, der junge Holländer, den du hier aufgenommen hast. Vielleicht tröstet dich diese Vorstellung: Der Moloch Krieg hat sich vorgenommen, zwei junge Leute zu fressen, beide am Anfang eines Lebens, das so schön hätte werden können. Einer hieß Hans-Günther, der andere Klaas. Du konntest den einen nicht retten, aber den anderen hast du aus dem gefräßigen Maul des Molochs gerissen.“

Elisabeth sah Aaron mit ihren nassen Augen an, lange, als müsse sie überlegen, ob das stimmt. Dann nickte sie leicht und sagte: „Man weiß ja nicht, wie weit man den Frontberichten im Radio glauben kann.“ Es klang, als wollte sie bewusst das Thema wechseln.

„Was berichten sie denn?“

„In Afrika scheint es nicht mehr so siegreich voranzugehen wie im vorigen Jahr. Rommel hat ... ach, ihr wisst sicher nicht, wer das ist. Der Oberbefehlshaber des Afrikacorps. Er hat lange Tobruk belagert. Das muss wohl auf dem halben Weg nach Ägypten liegen. Aber jetzt musste er sich zurückziehen, weil die Engländer mit neuen Kräften angreifen. Aber am meisten wird von Russland berichtet. Da ist Harald jetzt auch. Wenn ich die Radioberichte mit dem verbinde, was ich von Annemarie weiß, scheint es so zu sein, dass seine Einheit Sewastopol angreift, aber auf heftige Gegenwehr stößt. Das ist eine anscheinend wichtige Hafenstadt auf der Krim, der Halbinsel im Schwarzen Meer. Der Siegeszug der deutschen Armee scheint zum Stillstand gekommen zu sein. Es heißt, sie würden auch bei heftigsten russischen Gegenangriffen keinen Fußbreit Boden preisgeben. Die Eroberung Moskaus ist offenbar gescheitert.

Wie gesagt, es klingt zwar alles ziemlich siegessicher, aber ... nun ja, Ludwig meint, es würde ganz anders klingen, wenn sie wirklich siegreich wären. Dann würden konkrete Orte genannt, die erobert wurden, so wie am Anfang. Auch meint Ludwig, es sei ein schlechtes Zeichen, dass manche Personen, die anfangs als Helden galten und gefeiert wurden, über-

haupt nicht mehr in den Berichten auftauchen. Zum Beispiel Guderian, der Panzergeneral. Hitler bestimmt allein, was geschieht. Und wer nicht seiner Meinung ist oder gar selbständig handelt ... nun ja, man weiß es nicht.

Nun kommen ja auch die Amerikaner ins Spiel. Anfang Dezember hat Japan die USA angegriffen, zunächst den Flottenstützpunkt auf Hawaii. Jetzt ist im Pazifik ein richtiger Krieg ausgebrochen. Aber viel hören wir davon nicht, weil die eigenen Kämpfe im Vordergrund der Berichte stehen. Jedenfalls ist klar: Es ist ein richtiger Weltkrieg. Deutschland hat nun auch den USA den Krieg erklärt. Es ist verrückt!"

Sie schwieg. Ich fragte: „Was hört man von den Bombenangriffen? Ist Annemarie in Wuppertal noch sicher?"

„Noch gab es keinen Angriff auf Wuppertal. Aber der wird kommen. Wir haben Angst. Annemarie ist erstaunlich gelassen. Aber vielleicht tut sie nur so, wenn sie schreibt."

Aaron fragte: „Weißt du etwas von der Verfolgung der Juden?"

„Es sind alles nur Gerüchte. Über Radio oder Zeitungen erfährt man nichts. Alles, was man weiß, ist nur von jemandem erzählt worden, der es von anderen gehört hat. Oder der vielleicht auch selbst beobachtet, dass jüdische Nachbarn auf einmal nicht mehr da sind. Viele allerdings erzählen selbst das nicht, um sich nicht in Schwierigkeiten zu bringen. Sie wollen das Thema lieber verschweigen."

Aaron nickte. Elisabeth fuhr fort: „Es sind nicht alle Juden verschwunden. Aber die, die noch da sind, müssen immer einen gelben Stern am Arm tragen, sobald sie ihre Wohnung verlassen, damit sie für jeden sofort als Juden erkennbar sind."

„Und damit jeder sie anpöbeln kann!", murmelte Aaron. „Umso leichter ist es dann auch, sie herauszugreifen und verschwinden zu lassen."

Als Elisabeth sah, dass ich sie sprachlos mit großen Augen anblickte, hockte sie sich neben mich und legte den Arm um meine Schulter.

Erst nach einigen Minuten des Schweigens sagte sie: „Ich schäme mich.

Ich schäme mich, zu einem Volk zu gehören, das gegen dieses Unrecht nicht aufsteht. Das einfach schweigt und geschehen lässt, was verbohrte Antisemiten zur neuen Politik machen. Und ich verstehe nicht, warum die Kirchen nicht geschlossen protestieren. Einige Kirchenleute tun das wohl, aber andere – die meisten – lassen sich nicht von der Bibel oder von Gottes Geist leiten, sondern von Rosenbergs Ideologie, vom Rausch der eigenen Größe, oder einfach von Angst und Bequemlichkeit."

„Für viele sind Judentum und Christentum ein Gegensatz", meinte Aaron. Es klang weniger nach Erklärung, mehr nach Anklage.

„Wer wirklich als Christ lebt, nach den Vorgaben Gottes in der Bibel, der muss doch wissen, dass vor Gott alle Menschen gleich sind. Und wenn schon ungleich, dann wären es doch eher die Juden, die Gott nahe stehen."

Jemand rief unten im Hof: „Hallo!"

Elisabeth sprang auf und eilte zur Leiter. Während sie hinabstieg, flüsterte sie: „Der Stimme nach unser Nachbar."

„Hallo, Ludwig! Elisabeth! Keiner da?"

Wir hörten, noch ehe Elisabeth unten angekommen war, Theas helle Stimme: „Großmutter kommt gleich. Ich glaube, sie ist im Kuhstall. Ich hole sie."

Da war Elisabeth auch schon auf der Tenne und trat auf den Hof hinaus. Mit Thea an der Hand führte sie den Nachbarn ins Haus.

Wir beide saßen nur schweigend da und hingen unseren Gedanken nach. Später, als ich aus dem trüben Meer meiner traurigen Gefühle auftauchte, sah ich, dass Aaron eins von den Papieren genommen hatte, auf die ich meine Tagebuchnotizen schreibe, ein noch leeres Blatt. Er hatte daraus einen Stern gerissen – unschön, an den Rändern ausgefranst – und ihn mit einem Strohhalm an seine Wolljacke gesteckt.

Manchmal tut Aaron Dinge, bei denen ich nicht weiß, ob sie Anpassung oder Protest oder Solidarität mit unserem Volk bedeuten sollen oder ob sie überhaupt etwas bedeuten und nur gedankenlos getan werden. Manchmal verstehe ich meinen Mann nicht. Aber ich verstehe ja auch die Menschen in diesem Land nicht. Ich verstehe auch nicht, was das Ehepaar

Born zu dem macht, was es für uns ist. Ich verstehe erst recht Gott nicht, wenn es ihn wirklich gibt. Ich weiß auch nicht, ob es einen Zusammenhang zwischen all den Fragen gibt. Ich habe niemanden, der sie mir beantwortet. Es bleibt mir nur, sie einfach hier hinzuschreiben.

21

Paul versuchte den Eindruck zu erwecken, als sei er die Ruhe selbst. Aber Stefanie merkte sehr wohl, dass er nervös war.

Um zehn Uhr wollte der Bürgermeister mit einigen anderen wichtigen Herren kommen und sich das Kunstwerk ansehen. Zu den wichtigen Herren gehörte auch der Kämmerer, der bei jeder Ausgabe zu mäkeln pflegte, ob die denn unbedingt nötig sei. Das war auch hier zu erwarten. Auch der Pfarrer wurde erwartet, denn es sollte schon mal ein grober Abriss des Programms der Einweihungsfeier erstellt werden. Wahrscheinlich war der Programmablauf längst beschlossen, aber da der Künstler auch ein kurzes Wort sagen sollte, wollte man den heutigen Besuch nutzen, um das mit ihm zu besprechen.

Es war drei Minuten vor zehn. Paul hatte statt des Arbeitszeugs zwar keinen Anzug, aber wenigstens einen sauberen Pullover angezogen. Er hielt sich in der Werkstatt auf. Stefanie bereitete Kaffee vor. Falls die Herren einen zu trinken wünschten, sollte er schnell zur Verfügung sein. Thea saß auf der alten Bank vor ihrem Haus und harrte der Dinge, die da kommen sollten. Nur Harald war nicht zu sehen.

Ein Auto brauste heran und hielt im Hof. Thea stand auf, Stefanie stellte das Tablett mit den Tassen ab, und Paul kam aus seiner Werkstatt.

Aber fuhr der Bürgermeister nicht einen weißen Audi? Da stand ein älterer roter Golf. Und der Mann, der jetzt ausstieg, war allen dreien unbekannt. Ein Herr so um die fünfzig hatte hinter dem Steuer gesessen und seine Gattin neben ihm. Hinten quälte sich ein etwa siebzigjähriger Mann heraus.

„Guten Morgen!“, rief der in einem etwas fremdartig klingenden Deutsch. Er blickte Thea an und strahlte: „Du bist Thea, nicht wahr?“

Die nickte nur verblüfft.

„Und ich“, sagte der Alte, „bin Klaas aus Holland. Wir haben uns ja ein paarmal geschrieben, aber nie gesehen.“

„Ach – Klaas! Dass du uns mal besuchst!“

„Dies ist meine Tochter mit ihrem Mann, Ehepaar van Dyken. Wir sind auf dem Weg in den Urlaub. Nach Österreich. Wir lieben die Berge. Wir haben ja bei uns zu Hause keine. Da reicht uns auch das ‚Bergische Land‘ nicht.“ Er lachte.

Thea belehrte ihn: „Das heißt nicht so wegen der Berge, die ja auch eher Hügel sind, sondern weil es früher das Land der Grafen vom Berg war.“

„Ach so“, staunte Klaas.

„Sonst würde es nicht bergisches, sondern bergiges Land heißen.“

„Ach so“, wiederholte er. „Oder hügeliges Land. Aber wir wollen im Urlaub hoch hinaus. In die Alpen. Und da sie auf der Autobahn einen Stau wegen eines Unfalls gemeldet haben, beschlossen wir, hier vorbeizufahren. Ein kleiner ... wie sagt man? Abstecher. Um mal guten Tag zu sagen. Und ich wollte den beiden mal zeigen, wo ich im Krieg gewesen bin.“

„Das ist eine großartige Idee, Klaas! Dies ist mein Sohn Paul.“ Der war aus seiner Werkstatt herangekommen. „Und dort steht seine Frau Stefanie.“

Alle Anwesenden begrüßten sich mit Handschlag.

„Ich kenne Ihre Geschichte“, sagte Paul.

„Sag du zu mir!“, forderte Klaas jovial. „Haben sie dir von damals erzählt?“

„Nein, ich habe es gelesen. Im Tagebuch des jüdischen Ehepaars, das damals hier auf dem Heuboden versteckt war.“

„Ach ja! Als ich hier war, da waren zur gleichen Zeit Juden hier versteckt“, erklärte er Tochter und Schwiegersohn auf Deutsch, ohne zu bedenken, dass die es nur mangelhaft verstehen konnten. „Ich habe sie entdeckt und mit ihnen gesprochen.“

„Ja, dort über meiner Werkstatt.“

Die Tochter sagte: „Wie Anne Frank.“

„Sie hatten wohl da oben etwas mehr Freiheit als Anne Frank“, meinte Stefanie, die das Tagebuch der Anne Frank in der Schule gelesen hatte.

Klaas wunderte sich. „Sie haben ein Tagebuch geschrieben?“

„Ja. Rebekka, die Frau Schimmel.“

„Was ist aus ihnen geworden?“

Thea berichtete: „Leider wissen wir es nicht genau. Aber wahrscheinlich sind sie umgekommen.“

„Getötet?“, fragte Frau van Dyken, die nicht so gut Deutsch verstand wie ihr Vater.

Thea nickte. Klaas fragte: „Kann ich das Tagebuch einmal lesen?“

„Gern“, sagte Paul. „Aber das wird schwierig sein, weil es in der sogenannten deutschen Schrift geschrieben ist, die auch wir heute kaum noch beherrschen. Stefanie ist dabei, das mühsam zu entziffern. Aber vielleicht schreibt sie es mal mit dem Computer ab, weil andere auch Interesse daran haben, und dann ...“

In diesem Augenblick fuhr der weiße Audi des Bürgermeisters um die Ecke.

Thea sagte: „Oh – da kommt wichtiger Besuch. Der Bürgermeister, für den Paul gearbeitet hat. Er muss sich jetzt um ihn kümmern. Aber ich kann mit euch ...“

„Nein, Thea, ich will eure Pläne nicht stören. Wir fahren jetzt. Es ergibt sich sicher noch mal eine andere Gelegenheit ...“

„Könnt ihr nicht auf dem Rückweg von eurem Urlaub noch mal vorbeikommen? Dann hätten wir mehr Zeit.“

„Das ist eine gute Idee! Das machen wir!"

„Du kannst dir noch mal alles ansehen und deiner Familie zeigen, und wir könnten uns unterhalten."

Paul begrüßte die Männer, die aus dem weißen Audi stiegen. Inzwischen war noch ein Passat auf den Hof gefahren, direkt neben van Dykens Auto. Die Holländer beeilten sich.

„In drei Wochen! Versprochen! Auf Wiedersehen, Thea!" Alle drei stiegen ein. Sie setzten den Golf zurück und verließen den Hof.

Paul begrüßte auch den Pfarrer. „Wenn Sie mir bitte in die Werkstatt folgen wollen ..."

Der Stein war natürlich noch nicht herausgeholt worden. Damit er im rechten Licht erscheinen konnte, öffnete Paul beide Flügel des Tores. Die Männer standen schweigend davor und betrachteten ihn.

Beklemmung legte sich auf Pauls Atmung, während er die Gesichter seiner Gäste zu erforschen versuchte. Schweigen kann ja vieles bedeuten. Es konnte sein, dass sie tief beeindruckt waren. Es konnte sein, dass sie überlegten, um sich erst ein Urteil zu bilden. Es konnte sein, dass sie unsicher waren und erst mal warten wollten, was die anderen sagten. Es konnte auch sein, dass sie es scheußlich fanden, aber sich nicht trauten, das zu äußern.

„Großartig!", sagte schließlich der Pfarrer. Und da man hier auf dem Land noch gewohnt war, dass der Pfarrer meistens recht hat, stimmten auch andere zu. „Wunderbar!" „Beeindruckend!" Und die erst zwanzigjährige Sekretärin der Gemeindeverwaltung sagte: „Cool!" Nur der Kämmerer meinte: „Sehr schön! Obgleich ich meine, der Stein hätte auch etwas kleiner sein können."

Darauf ging niemand ein.

Der Pfarrer überlegte laut: „Dieses ... in der Mitte ... wie ein Fremdkörper ..."

Einer der Männer unterbrach ihn: „Ist das die Versteinerung

eines Tiers? Vielleicht eine viele Millionen Jahre alte Schildkröte – falls es die damals schon gab."

Keiner antwortete. Wahrscheinlich wusste es niemand.

Der unterbrochene Pfarrer fuhr fort: „Das erinnert an eine Träne. Sehr passend! Aber das kann ja kaum Absicht sein, nicht wahr, Herr Born, weil sie ja vorher nicht wissen konnten, wie es innen im Stein aussieht."

„Nicht genau", antwortete der Künstler.

Inzwischen war noch ein drittes Auto angekommen. Daraus stieg ein Journalist, der für das Feuilleton verantwortlich war. Unauffällig mischte er sich unter die anderen. Das anfängliche Schweigen war zu einem allgemeinen Gemurmel geworden. Stefanie bot Kaffee an, auf der Werkbank standen Tassen. Da begann der Kulturreporter seinen Kommentar vorwegzunehmen, der wahrscheinlich später gedruckt erscheinen sollte.

„In der Klarheit des harten Gesteins, durch Ablagerungen in Schichten gebildet wie unser Volk aus vielen Stämmen und Rassen, es spiegelt dem Betrachter sein eigenes Bild. Mittendrin die Störung, die die Brüche unserer Geschichte ..."

„Ich finde", unterbrach ihn der Gymnasiallehrer Kruse, der hier nur anwesend war, weil er den Männerchor „Liedertafel" leitete, der bei der Feier singen sollte, „ich finde, man muss das nicht alles deuten wollen. Das Denkmal ist einfach schön. Punkt. Stimmen Sie mir zu, Herr Born?"

Der nickte.

Dann nahm der Bürgermeister Buchner Paul ein wenig zur Seite. „Ich wollte nicht öffentlich fragen, Herr Born, damit ich nicht meine Mitarbeiter blamiere, die nach den jüdischen Familien geforscht haben. Aber ich bin etwas irritiert. Ich meine, es wären sechs Namen gewesen, elf Personen, jetzt sind es aber dreizehn."

„Sie haben recht, Herr Buchner, auf der Liste aus Ihrem Haus standen elf Personen. Ich habe das Ehepaar Schimmel dazugeschrieben. Sie konnten nichts von ihnen wissen, weil Schimmels nicht hier gemeldet waren. Aber sie haben hier gelebt, fast ein Jahr, hier über uns auf dem Heuboden meines Urgroßvaters. Sie mussten sich verstecken."

„Tatsächlich? Hier auf dem Hof?"

„Ja. Meine Großmutter kann Ihnen mehr dazu sagen."

„Interessant. Hm. Aber – genaugenommen erfüllen sie damit nicht die Kriterien, die für die Auswahl der Namen ... nun ja, es wird sich keiner darüber beschweren, denke ich. Aber Sie hätten das mit mir besprechen müssen, Herr Born!"

„Ja, das stimmt. Sehen Sie es mir bitte nach. Ich fürchtete, man könnte dagegen sein. Und ich habe ein persönliches Interesse, dass der Name hier erscheint."

„Weil die Leute auf Ihrem Hof versteckt waren?"

„Nein, weil es meine Großeltern waren."

„Ihre ...?"

Verwundert hielt der Bürgermeister inne. Man sah, wie es hinter seiner Stirn arbeitete, als er versuchte zu rekonstruieren, wie das sein konnte. Da er aber in der Eile zu keinem klaren Ergebnis kommen konnte, nickte er schließlich. „Ach so", sagte er.

Paul half ihm. „Das ist noch nicht allgemein bekannt. Noch nicht einmal mein Großvater weiß es. Ich weiß es auch erst seit kurzem. Aber das ist eine längere Geschichte. Ich kann Sie Ihnen bei anderer Gelegenheit mal ausführlich erzählen, wenn Sie möchten."

„Ihr Großvater, der alte Herr Born – ist er krank? Man sollte meinen, er wäre dabei, wenn das Werk seines Enkels begutachtet wird."

„Auch das ist eine längere Geschichte."

„Familienkrach? Nun ja, es geht mich ja nichts an. Grüßen Sie ihn. Ich meine nur ..." Der Bürgermeister stockte. Ihm war ein Gedanke gekommen. Da er hinter seiner volkstümlich schlichten

Fassade ein kluger Mann war, konnte er sich etwas zusammenreimen. „Ihr Herr Großvater soll, wie erzählt wird, damals ein treuer Parteigenosse gewesen sein. Daran habe ich nicht gedacht, als ich Ihnen den Auftrag gab."

„Es ist gut, dass das bei der Vergabe des Auftrags keine Rolle gespielt hat, Herr Buchner. Soll nicht gerade dieses Denkmal zeigen, dass das schreckliche Geschehen von damals zwar nicht vergessen, aber der Geist, aus dem heraus es geschah, überwunden ist?"

„Sie haben recht, Herr Born. Und noch einmal – nicht als offizielle Verlautbarung, sondern ganz unter uns: Sie haben ein wundervolles Werk geschaffen!"

„Danke!"

Der Bürgermeister wendete sich wieder den anderen zu. „Meine Herren! Und meine Dame – Entschuldigung!", fügte er schnell hinzu, als sein Blick auf die junge Sekretärin fiel. „Ich denke, wir sind uns einig, dass wir ein großartiges Werk vor uns haben. Ein Kunstwerk, das nicht nur den Zweck erfüllt, an die ehemaligen jüdischen Mitbürger und ihr tragisches Schicksal zu erinnern und eine Ermahnung zu sein, dass so etwas nie wieder geschehen darf, sondern das auch in seiner künstlerischen Meisterschaft unserem kleinen Ort zur Ehre gereicht. Wir danken Herrn Born!"

Man klatschte, nachdem man die Tassen abgestellt hatte.

„Und wir danken seiner Gattin für die freundliche Bewirtung!"

Applaus, etwas schwächer.

„Und nun bitte ich, dass wir uns kurz mit dem Programm der Einweihungsfeier befassen. Ein Entwurf wurde Ihnen ja schon zugestellt. Aber es soll jetzt noch Gelegenheit sein, Einwände oder Ergänzungsvorschläge vorzubringen."

Stefanie ging und nahm schon mal die Kannen mit.

22

Acht schwere Motorräder donnerten über eine Landstraße. Es war stockdunkel, und sie mussten mit Licht fahren. Auf einigen Maschinen saßen zwei Mann. Sie fuhren eine Steigung hinauf. Oben angekommen blinkte der Erste mehrmals mit seinem Scheinwerfer. Auf das Signal hin schalteten alle ihre Motoren aus und ließen ihre schweren Maschinen im Leerlauf den Berg hinunterrollen.

Am Ortseingang von Pfalzhof lenkten sie rechts auf einen geschotterten Platz. Dort, neben dem Gebäude der Freiwilligen Feuerwehr, stellten sie ihre Motorräder ab. Zu Fuß sammelte sich die Gruppe um einen Dicken mit einer Taschenlampe in der Linken und einem Baseballschläger in der Rechten.

Als alle versammelt waren, drehte sich der Anführer um, ohne Worte und ohne Wink, weil er wusste, dass das nicht nötig war, und ging los in Richtung Ortsmitte. Nun wurde auch klar, weshalb sie mit ihren Maschinen nicht näher herangefahren waren: Es ging leicht bergauf, sie hätten die lauten Motoren gebraucht. Aber die Anweisung war klar: keine Vorwarnung! Lärm erst, wenn alle da sind.

Nach einem Gang von vier oder fünf Minuten lag links ihr Ziel. „Da!“, flüsterte ein Kleiner, den sie als Späher vor einigen Tagen hergeschickt hatten. Er zeigte auf das Gebäude, das den Hof hinten abschloss. Alle zwölf Mann schlichen – was bei ihrem schweren Schuhwerk nicht einfach war – über das alte Pflaster.

Der Anführer zog sich Handschuhe an und hob die Hände als Zeichen, dass die anderen es ihm nachmachen sollten. Dann holte er aus, um mit seiner Keule gegen das Tor zu donnern beziehungsweise gegen die Scheibe im Torflügel, die den Zweck hatte, Licht in die Werkstatt fallen zu lassen. Aber der Spion trat schnell vor und betätigte die Klinke – das Tor war nicht abgeschlossen. „Wir sind auf dem Dorf!", flüsterte er lächelnd.

Der Chef ließ es sich nicht nehmen, als Erster einzudringen. Schnell fand er den Lichtschalter. Gleichzeitig wurde es hell und laut. Vier Männer warfen mit vereinten Kräften die Werkbank um, andere brachen den Werkzeugschrank auf, wieder andere schlugen Scheiben ein. Das alles wurde begleitet von infernalischem Gebrüll. Ein Beobachter hätte nicht sagen können, ob das Schreien ein Ergebnis ihrer Wut war oder ob sie damit ihre Wut anstacheln wollten.

Das Hauptziel war natürlich der große Stein. Dummerweise ist ein Stein, zumal in dieser Größe, nicht so leicht zu zerschmettern wie eine Fensterscheibe. Auch umwerfen wie die Werkbank ließ er sich nicht, obwohl sie es versuchten. Der Anführer schlug mit einem schweren Hammer, dem schwersten, der zu finden war, auf die Namen ein, die links in den Stein eingearbeitet waren. Dabei splitterte zwar manches ab, Löcher entstanden, aber der Schaden sah nicht so dramatisch aus, wie die Einbrecher es sich wünschten. Das steigerte ihre Wut noch mehr. Ein zweiter schlug mit einem Werkzeug, das einer Axt ähnlich sah, immer abwechselnd mit dem ersten.

„Aufhören! Aufhören!" Der Schrei übertönte den allgemeinen Lärm. Paul stand im Schlafanzug vor ihnen, zitternd vor Wut.

Einige der Eindringlinge lachten ihn aus. Der Anführer beachtete ihn gar nicht, sondern setzte sein Zerstörungswerk unbeirrt fort.

Paul sprang hin und fiel ihm in den Arm. Ein anderer packte ihn und zog ihn fort. Es wurde weiter zerstört. Paul, der kräftig war, konnte sich befreien. Wieder stürzte er sich auf den mit dem Hammer. Jetzt waren vier Burschen an ihm. Er trat um sich und traf einen ans Schienbein, der darauf zurücktrat. Stöhnen, Fluchen, Keuchen, dann das Triumphgeschrei der Überzahl. Paul lag am Boden. Als er sich wieder aufrichten wollte, verlor einer der Kerle die Geduld – falls er je welche gehabt hatte. Er schlug mit seinem Baseballschläger auf Pauls Bein. Ein Schrei. Das knackende Geräusch verriet auch den Umstehenden, dass das Bein gebrochen war. Paul sackte zusammen.

Einer hatte eine Idee. Er hatte das Schleifgerät gefunden, steckte den Stecker in eine Dose in der Wand und rückte nun dem Denkmal zu Leibe, indem er Kerben quer durch das Feld mit den Namen schliff. Das war erfolgreicher als das Hämmern und wurde mit Jubel belohnt.

Ein etwas Dünnerer sagte zum Anführer: „He, Boss, es wird Zeit. Wir sind jetzt vier Minuten drin. Wenn sie gleich die Bullen gerufen haben, wird es nicht mehr lange dauern. Wir sollten abhauen."

„Kleiner", fragte der Anführer, „wie weit ist die nächste Polizeistation? Und es stimmt doch – in westlicher Richtung?"

„Ja, etwa fünfzehn Kilometer."

„Dann haben wir noch drei Minuten. Guck du auf die Uhr!"

Die meisten standen nun um den Stein herum und beobachteten das Schleifen, weil es sonst nichts zu zerstören gab.

„Es wird Zeit!"

„Aufhören! Abmarsch!"

Sie rannten über den Hof. Im Laufschritt ging es die Straße entlang zu ihren Motorrädern. Ehe sie angelassen wurden, sagte der Chef: „Ruhe mal!"

Sie lauschten. In der Ferne erklang eine Polizeisirene. Mit einem triumphierenden Grinsen schwangen sie sich auf ihre Maschinen, ließen die Motoren an und brausten davon.

Stefanie hatte Paul zurückhalten wollen. Aber das war ihr nicht gelungen. Er hatte sich losgerissen und ihr gesagt, sie solle die 110 anrufen. Nachdem sie das getan hatte, blieb sie hinter ihrer Haustür stehen und beobachtete durch die Scheibe das Geschehen.

Da – ein Schrei! War das nicht Pauls Stimme?

Sie war im Begriff, doch hinauszurennen, aber da trat Leoni neben sie.

„Was ist da los, Mama?" Ihre Stimme klang ängstlich.

„Wir müssen hierbleiben, Leoni. Böse Männer sind da, Einbrecher. Die machen alles kaputt in Papas Werkstatt."

„Ich habe Angst, Mama."

Stefanie hätte gern gesagt, sie brauche keine Angst zu haben. Aber das wäre gelogen gewesen und sicher auch nicht glaubhaft. Sie zog das Mädchen nur eng an sich.

Da kamen sie! Zwölf Männer rannten über den Hof, sie lachten dabei, und ihre Stiefel knallten auf dem Pflaster.

Kaum waren sie weg, sagte Stefanie eindringlich zu ihrer Tochter: „Bleib du hier!", und rannte hinaus. Während sie lief, ging das spärliche Hoflicht an. Thea hatte es angeschaltet und kam hinter ihr her.

Paul lag am Boden und stöhnte.

„Paul! Was haben sie mit dir gemacht?"

Thea rief: „Hast du schon die Polizei alarmiert, Stefanie?"

„Ja. Aber so schnell sind die ja nicht hier."

„Und den Notarzt?"

„Nein, ich wusste ja nicht ..."

Paul stieß hervor: „Diese Scheißkerle! Mein Bein! Alles haben sie kaputtgeschlagen!"

Während Stefanie sich mit Tränen in den Augen ihrem Mann widmete, lief Thea zurück, um den Notarzt zu rufen.

Paul wollte sich aufrichten.

„Bleib liegen, Paul! Warte, bis der Arzt kommt!" Ihr Mann ließ sich stöhnend zurückfallen.

„Mein Denkmal! Sie haben alles zerstört! Was mache ich jetzt? Der Einweihungstermin steht fest!"

„Das kannst du jetzt nicht ändern, Paul. Es ist ja nicht deine Schuld. Und machen kannst du jetzt gar nichts. Du musst erst mal gesund werden."

Leoni stand in der Tür trotz der Mahnung, in der Wohnung zu bleiben. „Das ist ja alles kaputt! Papa, haben sie dich geschlagen?"

Thea kam mit einer alten Wolldecke. „Leg dich wenigstens mit dem Oberkörper hier drauf, damit du nicht auf dem Beton liegst!"

Die beiden Frauen halfen ihm.

Leonie – mit dem Wunsch, die aus den Fugen geratene Welt wieder in Ordnung zu bringen, ohne zu wissen, wie – sammelte alles herumliegende Werkzeug auf. Da sie es nicht auf die umgekippte Werkbank legen konnte, verstaute sie es in dem aufgebrochenen Schrank. Dann saß sie, ohne sich über ihr Tun Rechenschaft zu geben, vor dem Gedenkstein und fuhr mit den Fingern die Buchstaben nach, soweit sie noch zu erkennen waren.

Stefanie hielt Pauls Hand. Unruhig blickte sie auf die Uhr. „Wo bleibt denn der Arzt?"

„So schnell kann er gar nicht da sein!", beruhigte Thea sie.

Paul stöhnte: „Das waren Neonazis."

„Weil sie so aussahen?", fragte Stefanie.

„Auch. Aber auch, weil ich mir sonst niemanden denken kann, der für so etwas einen Grund haben könnte."

„Sie hätten dich totschlagen können, Paul! Du hättest nicht hinrennen sollen!"

„Und einfach zusehen, wie sie alles kaputtmachen? Niemals! Was sind das nur für Menschen! Voll blinder Zerstörungswut."

Thea murmelte: „Es gab Zeiten, da war das noch viel schlimmer."

„Hoffentlich kommen die nie wieder!“

Ein Wagen mit Blaulicht kam auf den Hof gefahren – die Polizei. Thea ging den beiden Beamten entgegen, Stefanie blieb bei ihrem Mann. Die Polizisten kamen herein, hörten sich die Berichte an und sahen sich um. Ehe Stefanie mit ihrem Bericht fertig war, fragte einer: „Haben Sie ein Auto gesehen, mit dem sie gekommen sind? Oder Motorräder?“

„Sie kamen zu Fuß.“

Der Polizist lief zum Wagen und kam kurz darauf wieder. „Ich habe eine Fahndung ausgelöst. Vermutlich sind sie mit ihren Fahrzeugen bis zum Ortsrand gekommen. Wenn wir mit der Ringfahndung nicht zu spät sind, haben wir eine Chance.“

Der Sanitätswagen kam. Die Notärztin, eine forsche Frau um die vierzig, untersuchte Paul. Als sie das Bein befühlte, schrie er auf. „Gebrochen! Seid vorsichtig, Jungs!“

Die Sanitäter hoben Paul auf eine Trage. Der biss die Zähne zusammen, konnte aber doch nicht verhindern, dass ein Stöhnen herauskam. Er wurde mit der Trage in den Wagen geschoben.

„Kann ich mitfahren?“, fragte Stefanie.

„Wenn Sie möchten.“

Thea sagte: „Ich bringe dich später hin, Stefanie! Du solltest dich erst mal richtig anziehen. Und dann auch etwas zusammenpacken, was Paul im Krankenhaus braucht.“

„Ja, da hast du recht, Mutter.“ Sie erkundigte sich, wohin sie ihren Mann bringen wollten, und die Sanitäter fuhren los.

Da standen sie nun auf dem Hof vor der Werkstatt, Großmutter, Mutter und Kind, und schauten dem Krankenwagen nach. Thea zog Stefanie rechts und Leoni links an sich. Ihr fiel das Gedicht ein: Uhrahn, Großmutter, Mutter und Kind in trauter Stube beisammen sind ... Nur war das hier keine traute Stube. Im Gegenteil. Und auch der Urahn fehlte. Sie warf einen Blick zu den Fenstern ihres Vaters im Erdgeschoss des Fachwerkhauses.

Sie waren dunkel, aber es war ihr, als hätte sich eine Gardine bewegt.

Harald ließ die Gardine zurückfallen. Und sich selbst aufs Bett. Er fühlte sich wie vor den Kopf geschlagen. Das hatte er doch nicht gewollt, dass sie seinen Enkel verletzen! Er hatte es doch extra gesagt! Aber die Idioten hatten nicht zugehört! Oder war er selbst der Idiot, der nicht bedacht hatte, dass sich ein entfesselter Fanatismus nicht in geordnete Bahnen lenken lässt?

Alles andere hatte ja offenbar geklappt wie gewünscht. Zwar konnte er nicht sehen, ob das Denkmal wirklich zerstört war, aber er nahm es an. Er hatte ja sogar die Schleifhexe gehört. Da war seine Strategie anscheinend aufgegangen. Er hoffte nur, dass die Männer nicht erwischt wurden. Sonst könnte am Ende eine Spur zu ihm führen, und das wäre schlimm.

Aber er hatte keinen Grund, stolz zu sein auf seine Strategie. Es war nicht so gekommen, wie er es gewollt hatte. Dass jemand körperlich zu Schaden kam, hatte nicht zu seinem Plan gehört. Auch nicht, dass Scheiben zu Bruch gingen. Immerhin war dieses Gebäude noch sein Eigentum, einschließlich der Werkstatt. Aber das war eine Nebensache. Sein Enkel, den er gern hatte und auf den er auch ein wenig stolz war, war verletzt worden. Wohl nicht lebensgefährlich, nach dem, was er da auf dem Hof gesehen hatte. Aber das änderte nichts daran, dass er mit seinem Plan versagt hatte. Die Sache war aus dem Ruder gelaufen. Und wenn eine Sache aus dem Ruder läuft, war sie nicht richtig geplant! Dann war seine Strategie mangelhaft.

Ach was – Strategie! Plötzlich kam sich Harald schäbig vor. Er hatte nur seine Strategie im Kopf gehabt, aber nicht nach Moral gefragt. Er wollte unbedingt das Judendenkmal verhindern, weil er es für falsch hielt. Aber war sein Handeln nicht erst recht falsch? Falsch im doppelten Sinn: verkehrt, aber auch hinterhältig.

Er sah sich auf einmal wie von außerhalb seiner selbst. Und da sah er nicht einen Kriegshelden, der auch im Alter noch treu und unbeugsam zu seinen Werten steht, sondern er sah einen alten Schwächling, der, weil er selbst nicht für seine Prinzipien kämpfen konnte oder wollte, andere vorschickte. Der so verbohrt war in seiner Ideologie, die keiner mit ihm teilen wollte, dass er die Hilfe von diesen Holzköpfen brauchte. Und der dabei selbst zum Holzkopf wurde, oder besser: zum Betonkopf. Und bei dem nicht nur das Denken hart wie Beton war, sondern seit langem auch das Herz.

Harald Born vergrub sein Gesicht in den Kissen und verfluchte sich selbst. Und trauerte um so etwas wie edle Gesinnung, die er vielleicht einmal besessen, jetzt aber verloren hatte. Hatte er sie überhaupt jemals gehabt?

Wenn er gekonnt hätte, wäre es vielleicht eine Hilfe gewesen, wenn er über sich selbst geweint hätte. Aber weinen – das hatte er schon seit über siebzig Jahren nicht mehr getan und würde es wohl auch nicht mehr lernen.

23

Eine halbe Stunde hatte Stefanie schon am Krankenbett gesessen und mit Paul die Ereignisse durchgesprochen. Vieles an Gefühlen und Überlegungen setzte sich durch den Austausch in Gang. Aber manche Fragen blieben auch offen.

Nachdem sie alles, was es zu reden gab, mehrmals besprochen hatten, blieb nur noch Schweigen. Irgendwann fragte Paul: „Hast du das Tagebuch bei dir?"

Sie nickte. „Ich dachte mir, dass dir vielleicht langweilig ist und du möchtest, dass ich dir den nächsten Eintrag vorlese." Sie holte das Papier aus ihrer Tasche und begann.

2. April 1942

Thea war gestern wieder bei uns. Ich denke gern an diese Gespräche mit dem Kind und schreibe sie auf, weil ich sie dabei noch einmal erlebe. In unsere traurige Lage bringt Thea etwas Fröhliches, Ungezwungenes hinein. Es ist mir wohl bewusst, dass das an unserer Lage nichts ändert. Aber es hilft, die dunklen, unendlich langen Tage zu überstehen, wenn das Mädchen ein wenig Licht hineinbringt.

Aber natürlich helfen uns auch unsere beiden alten Freunde. Ihre Besuche in unserem Versteck richten uns seelisch immer wieder auf. Diese Zuneigung von Menschen, die uns vor einiger Zeit noch völlig fremd waren, ist mehr wert als das, was sie äußerlich für uns tun: die Beherbergung und die Versorgung mit Lebensmitteln. Ja, ich habe den Eindruck, die wichtigsten „Lebensmittel" sind jetzt Anteilnahme, Ermutigung und Trost.

Thea hatte ein wenig mit mir gespielt und geplaudert. Themen waren ihre Puppen, die Tiere auf dem Hof und ihre Freundinnen von früher. Auch Jakob kam immer wieder vor. Es war für mich jedes Mal … ich kann es nur in Gegensätzen ausdrücken: ein belastendes Glück oder ein süßer Schmerz. So gern ich an Jakob denke, mir sein Bild vor Augen führe, seine Stimme zu hören meine, so weh tut mir andererseits seine Abwesenheit.

Gegen fünf Uhr kam Ludwig herauf. Er erzählte, dass wieder ein Brief von Annemarie, seiner Schwiegertochter, angekommen war. Sie hatte Haralds letzten Brief an sie beigelegt. In dem Brief hatte sich Harald an seine Tochter gewandt. Er wusste, dass sie hier auf dem Hof ist. Dass auch wir, seine früheren jüdischen Nachbarn, hier sind, weiß er nicht.

„Hat Annemarie es ihm verschwiegen, weil sie fürchtet, die Post könnte in falsche Hände geraten?", fragte ich.

„Nicht nur deswegen", meinte Ludwig. Mehr sagte er nicht. Er überließ es uns, die Gründe zu erraten.

Aaron wollte es aber ausgesprochen haben. „Du meinst, er wäre nicht damit einverstanden?"

Ludwig nickte nur.

Wir meinten, uns auch in Theas Gegenwart so unterhalten zu können, weil sie den Gedankengängen sicher nicht folgen konnte. Das war aber ein Irrtum. Sie fragte: „Wie denn? Papa will nicht, dass Tante Rebekka und Onkel Aaron hier sind?"

„So kann man das nicht sagen", beeilte sich Ludwig, seinen Fehler zu korrigieren. „Wir wissen ja gar nicht, wie Papa darüber denkt."

Thea war eine Weile still. Man konnte sehen, wie es hinter ihrer Stirn arbeitete.

„Papa will aber bestimmt nicht, dass die bösen Leute euch was tun!", sagte sie zu uns beiden. „Wir sind doch Freunde."

„Ja, das sind wir", behauptete ich.

„Die Feinde von Papa sind die Russen."

Als niemand reagierte, wurde sie unsicher und bohrte nach: „Das stimmt doch, oder?"

„Ach, Kind", sagte Ludwig, „das ist alles sehr kompliziert. Das kannst

du jetzt noch nicht verstehen. Wenn du noch ein bisschen größer bist, verstehst du es sicher besser. Obwohl …", setzte er leise murmelnd hinzu, „ … obwohl ich alter Mensch es ja auch nicht wirklich verstehe. Für Christen sollte es eigentlich gar keine Feinde geben. Und die, die man nach landläufiger Ansicht so nennt, die sollen wir lieben, hat Jesus gesagt."

Aaron knurrte vor sich hin: „Obwohl ich kein Christ bin, würde ich mir hierbei wünschen, dass die Christen bessere Christen wären."

Thea guckte ihn groß an. „Wie denn? Du bist kein Christ?"

„Du weißt doch, ich bin Jude. Und die glauben nicht an Christus."

Thea setzte sich neben ihren Großvater auf die Truhe und drückte sich an ihn. „Ich verstehe das nicht, Großvater."

„Ich sagte doch, Thea, wenn du etwas größer …"

„Kommt Onkel Aaron nicht in den Himmel? Und Tante Rebekka?"

Nach kurzem betretenem Schweigen antwortete Ludwig: „Frag doch mal Onkel Aaron selbst danach!"

Das tat sie auch prompt. „Onkel Aaron, kommst du in den Himmel, wenn du gestorben bist?"

Der sah das Kind einige Augenblicke schweigend an. Dann erwiderte er: „Eine gute Frage! Ehrlich gesagt, Kind: Ich weiß es nicht."

In Theas Gesicht spiegelte sich Verwirrung. „Aber du hast doch nichts Böses getan! Oder doch?"

Ludwig legte den Arm um seine Enkelin und sagte: „Ich will mal versuchen, es dir zu erklären. Es ist nicht so ganz einfach. Schließlich bist du noch … aber das sagte ich schon. Sieh mal – oben ist der Himmel und unten die Erde. In Wirklichkeit ist der Himmel nicht einfach oben, weil … aber lassen wir das. Wir können es uns so vorstellen, wie es sich die Menschen zu allen Zeiten vorgestellt haben. Wir sind auf der Erde, und wenn wir gestorben sind, möchten wir nach oben in Gottes Welt. Und nun meinen viele, dass man sich den Zugang zum Himmel verdienen muss. Wer viel Böses tut, den nimmt Gott nicht auf. Hast du das so weit verstanden?"

„Klar!"

„Ich mache es dir mal ganz praktisch deutlich. Steig doch mal die Leiter runter!"

„Jetzt? Aber du wolltest mir doch was erklären!"

„Will ich ja auch. Geh nur! Und wenn du unten bist, reden wir weiter."

Thea war skeptisch, aber sie tat, was ihr Großvater wollte. Der stellte sich oben an die Luke und schaute hinunter. Als Thea unten war und gespannt nach oben sah, erklärte er: „Da unten ist die Erde, und hier oben ist der Himmel. Natürlich nicht in Wirklichkeit, nur im Spiel. Jetzt willst du herauf und musst dazu beweisen, dass du es wert bist. Mit guten Taten. Was hast du denn in den letzten Tagen Gutes getan?"

Thea überlegte. „Hm. Ich habe Großmutter beim Kochen geholfen. Ich habe Möhren geschabt."

„Sehr gut. Dafür kannst du eine Sprosse hochsteigen."

Thea tat das.

„Und was noch?"

„Ich hab den Hof gekehrt. Nicht den ganzen, aber ein Stück, und es war ziemlich schwer."

„Großartig! Also noch eine Sprosse!"

Thea kam grinsend einen Schritt höher.

„Aber", fuhr Ludwig fort, „ich habe zufällig gehört, wie du Großmutter sehr böse geantwortet hast, als sie dich bat, den Hof zu kehren. Du hattest keine Lust und hast einen sehr unschönen Ausdruck gebraucht. War das gut?"

„Nein. Es war böse, glaube ich."

„Also?"

„Wie – also?"

„Wenn du bei guten Taten eine Stufe rauf darfst, musst du bei bösen Taten ... na?"

„Eine Stufe runter?"

„Richtig! Also bitte!"

Thea stieg eine Sprosse tiefer.

„Und was das Helfen in der Küche angeht", machte Ludwig weiter, „so habe ich meine Zweifel, ob das Schaben der Möhren eine Sprosse wert ist. Eigentlich ist es ja selbstverständlich, dass wir einander helfen, wenn wir hier zusammenleben. Und was selbstverständlich ist, kann man sich doch nicht zum Verdienst anrechnen. Also steige wieder ganz runter!"

„Aber ..."

„Wir spielen ja nur. Aber was hier kleine Beispiele für kleine Leute sind, das sind bei großen Leuten große Dinge. Neid und Hass, Lüge und Diebstahl und sogar Krieg und Mord. Alles Böse ist so schlimm in Gottes Augen, dass dagegen das Gute, das wir auch manchmal tun, gar nicht ins Gewicht fällt. So kommen wir also nicht in den Himmel."

Aaron mischte sich ein. „Hier müsste ich als Jude, der das Gesetz hochhalten sollte, eigentlich widersprechen. Aber ich weiß nicht, mit welchem Argument."

Thea rief von unten: „Aber Großvater, wie komme ich denn dann da rauf, wenn es nicht mit der Leiter geht?"

„Das hat Petrus so ähnlich auch gefragt, und Jesus hat ihm geantwortet: Menschlich gesehen ist es tatsächlich unmöglich. Aber bei Gott sind alle Dinge möglich. Er hat einen Weg gefunden, wie die bösen Menschen trotzdem zu ihm in den Himmel kommen können."

„Wie denn?"

Ludwig sagte leise zu Aaron: „Halte bitte mal das Seil, damit ich nicht zu schnell in die Tiefe sause, weil ich viel schwerer bin! Keine Angst, es passiert kein Unglück. Wir haben das früher oft gemacht." Nach unten rief er: „Setz dich mal in den Korb! Aber halte dich gut fest!"

Thea tat das. „Fertig?"

„Ja."

„Achtung!" Ludwig schlang sich das andere Ende des Seils, das über die Rolle am Dachbalken lief, um die Brust und ließ sich hinunter. Aaron bremste ihn etwas. In dem Maß, wie er in die Tiefe glitt, schwebte Thea nach oben.

Als sie an der Luke ankam, zogen wir den Korb heran, und sie stieg aus auf den Bretterboden. „Das war lustig!", strahlte sie. „Können wir das noch mal machen?"

Ludwig kam die Leiter herauf. „Nein, einmal reicht. Ich wollte dir ja nur etwas zeigen. Du konntest heraufkommen, weil ich hinuntergekommen bin. Hier im Stall. So ähnlich ist es mit den Menschen, die in den Himmel wollen. Es ist einer dafür heruntergekommen. Du weißt, wen ich meine, nicht wahr?"

Thea nickte. „Jesus. Hast du mir schon mal erklärt."

„Genau. Er kam vom Himmel auf die Erde, und wenn wir ihm gehören, bringt er uns zum Vater, zu Gott."

Ludwig ordnete mit etwas verlegen wirkenden Bewegungen das Seil mit dem Korb, als er schelmisch lächelnd zu uns sagte: „Nehmt es mir nicht übel! Der Vergleich ist vielleicht etwas albern – für uns Erwachsene. Aber für ein Kind ..." Er grinste schief.

Ich hatte allerdings den Verdacht, dass er durchaus nicht nur seiner Enkelin etwas deutlich machen wollte, sondern auch uns. Aber ich nahm es ihm trotzdem nicht übel. Wie könnte ich diesem Menschen etwas übelnehmen!

Aaron sagte auch nichts, nickte nur schwach.

Thea aber meinte: „Jetzt hab ich's begriffen, Großvater."

Der erklärte weiter: „Anfangs war Jesus noch nicht auf die Erde gekommen. Da hat Gott den Menschen gesagt, was sie tun sollen. Die Juden bemühen sich, diese Gesetze auch zu halten. Und viele, denen das ganz gut gelingt, meinen nun, das reicht, um in den Himmel zu kommen. Sie meinen, sie brauchen Jesus nicht. Christen wissen, dass sie das alleine nicht schaffen und freuen sich darum, dass Jesus auf die Erde gekommen ist. Aaron und Rebekka, protestiert ihr gegen diese, meine – zugegeben vereinfachte – Schilderung?"

Ich sah unsicher zu Aaron und schüttelte den Kopf. Wir beide hatten uns viel zu wenig mit religiösen Themen beschäftigt, um uns darüber auf eine Diskussion einzulassen. Da schwiegen wir lieber.

„Allerdings", fuhr Ludwig fort, „ist ja auch im Alten Testament klar,

dass die guten Werke niemanden retten, sondern der Glaube. So sagte es Gott zum Beispiel zu Abraham."

Aaron winkte das Kind näher zu sich. „Ich will dir auch etwas erklären, Thea. Wir – Tante Rebekka und ich – glauben etwas, deine Großeltern glauben etwas anderes. Wenn du nicht weißt, was du glauben sollst, weil du nicht weißt, wer recht hat, dann richte dich nicht danach, was die Leute sagen, sondern danach, was sie tun. Wenn du also siehst, wie dein Großvater und deine Großmutter anderen Menschen helfen, obwohl es für sie gefährlich ist, dann machst du bestimmt nichts falsch, wenn du sie dir zum Vorbild nimmst. Nun, Ludwig, protestierst du dagegen?"

Jetzt schüttelte Ludwig verlegen grinsend den Kopf.

„Hast du das verstanden, Thea?"

„Ja. Ich soll immer lieb sein wie Großmutter und Großvater. Und wenn es nicht so klappt, dann hat mich Jesus trotzdem lieb."

„So ungefähr!", nickte Ludwig. „Aber jetzt ist es Zeit, zum Abendessen zu gehen. Großmutter wartet sicher schon."

Später redeten wir beide nicht mehr über das Thema. Es war uns fremd. Wir waren nicht gewohnt, über Glaubensdinge zu sprechen. Nachdenken konnte man schon mal über Gott und Glaube und Ewigkeit. Aber weil es mit unserem Alltag nichts zu tun hatte, blieben solche Gedanken bei uns unausgesprochen. Nun aber erlebten wir Menschen, bei denen ihr Glaube durchaus etwas mit dem Alltag zu tun hatte. Das stürzte mich in eine seltsame Verwirrung.

24

„Hat es geschmeckt?“, fragte Thea ihren Vater und stellte das Geschirr auf ein Tablett.

„Ja, danke! Wie immer: gut.“

„Du hast aber nicht aufgegessen. So viel war es doch gar nicht.“

„Stimmt. Aber ich hatte nicht so richtig Hunger.“

Sie stellte das Tablett ab und setzte sich an den Tisch. „Oder keinen Appetit?“

„Auch das.“

„Die letzte Nacht war ja auch ziemlich aufregend. Ich will nachher mit Leoni ins Krankenhaus. Willst du mit?“

„Äh – ja, oder: nein, besser morgen oder so. Ich fühle mich nicht so gut.“

„Ach, wirst du krank?“

Harald zuckte die Achseln und sagte nichts. Seine Tochter fragte: „Hat dich das so sehr mitgenommen, was in der letzten Nacht passiert ist?“

Auch jetzt antwortete ihr Vater nichts, zog nur die Zeitung zu sich heran, ohne sie aber auseinanderzufalten und darin zu lesen.

Thea meinte: „Neonazis. Das waren mit Sicherheit Neonazis. Paul hat sie ja gesehen. Glatzköpfe, zum Teil Springerstiefel ... und ihr ganzes Gehabe. Außerdem haben ja wohl nur die ein Motiv für so etwas Verrücktes. Weil sie gegen Juden sind. Was für einen Grund sollte es sonst geben, ein Ehrenmal für die getöteten Juden zu zerstören, als Antisemitismus?“

Ahnt sie was?, fragte sich Harald. Will sie mich aushorchen? Will sie meine Meinung über die Juden kritisieren? Ich gebe zu, wenn ich die Folgen geahnt hätte – nein, wenn ich die möglichen Folgen bedacht hätte, dann hätte ich das alles nicht in die Wege geleitet. Ich hätte sogar den Gedenkstein in Kauf genommen, wenn damit dieses Unglück mit Paul vermieden worden wäre.

„Früher hieß es mal“, sagte Thea und sah ihn dabei an, „die Juden sind unser Unglück. Wir erleben gerade das Gegenteil: Die Feindschaft gegen die Juden ist unser Unglück.“

Das zielt auf mich, dachte Harald. Und er konnte es ihr noch nicht mal verübeln. Aber er wollte das nicht hören. Es war ihm durchaus klar: Für einen Fehler, den man selbst schon erkannt hat, lässt man sich besonders ungern kritisieren.

„Ich möchte heute nicht über das Thema reden.“

„Ich aber“, antwortete Thea hart.

Er blickte von der Zeitung auf und sah sie an. „Du willst mit mir über die Juden reden? Das ist neu. Das haben wir seit Jahren nicht getan.“

„Dann wird es höchste Zeit. Letzte Nacht, nachdem endlich Ruhe eingekehrt war und ich im Bett lag, konnte ich nicht schlafen.“

„Ich auch nicht.“

„Da ist mir allmählich klargeworden: Wir haben lange genug geschwiegen. Ich habe lange genug geschwiegen. Viel zu lange. Weil ich immer gekuscht habe vor deiner Meinung. Weil ich nicht mit dir streiten wollte. Ich habe auch die Kinder zum Schweigen angehalten. Das war verkehrt, ich sehe es jetzt klar. Man kann sicher um des Friedens in der Familie willen so eine Art stillschweigende Toleranz einhalten, auf Meinungsäußerungen verzichten, um keine Gegenrede zu provozieren und so den Burgfrieden zu bewahren. Das kann man, wenn es nur um die Theorie geht, um Ansichten, die mit dem Leben nicht viel zu tun haben. Aber wenn es einen persönlich betrifft, kann man sich nicht immer dem Schweigediktat beugen.“

„Ja und? Betrifft das Thema Juden etwa einen von uns persönlich?"

„Allerdings."

„Du meinst, weil die Antisemiten uns überfallen haben?"

„Nicht nur das. Es betrifft uns noch viel persönlicher."

„Ich verstehe nicht, was du damit sagen willst."

Thea hatte auf einmal einen Mut, eine Entschlusskraft, die sie sich selbst bisher nicht zugetraut hatte. „Weil der Vater deines Enkels ein Jude war."

Harald saß still, als wäre er schockgefroren. Nur sein Kopf arbeitete. Wie Blitze jagten sich die Gedanken, während er mit halboffenem Mund dasaß. Ich habe mich verhört!, dachte er. Ich muss mich verhört haben! Oder ich habe die Worte richtig gehört, aber den Sinn falsch verstanden. Oder ich habe alles richtig verstanden, aber sie hat etwas Falsches gesagt. Sie hat gelogen. Vielleicht, um mich zu schockieren. Um zu sagen: Bedenke doch mal, was wäre, wenn ... Aber so ist es natürlich nicht! Nein, das kann nicht sein! Mein Enkel, auf den ich stolz bin, nicht nur auf ihn als Künstler, sondern auch als freundlichen und geradlinigen und fleißigen Menschen, mein Enkel soll ein Halbjude sein? Und meine Urenkelin, an der ich so viel Freude habe, eine Vierteljüdin? Was redest du da, Thea?

„Was redest du da!"

„Ich rede die Wahrheit."

„Nein!"

„Doch. Ich kann es nicht ändern, selbst wenn ich wollte. Aber ich will gar nicht. Es tut mir zwar leid, dass ich dir einen Schrecken einjage, aber es tut mir nicht leid, dass dies die Wahrheit ist."

„Du ... dieser ... darum hast du mir nie sagen wollen, wer Pauls Vater ist."

„Richtig. Gib es zu, es hätte ein riesiges Theater gegeben. Eine

Welt wäre für dich zusammengebrochen. Das wollte ich weder dir noch mir antun. Aber es war ein Fehler. Jetzt bricht diese Welt trotzdem zusammen. Und ich finde, es ist höchste Zeit dafür. Die Welt, in der du zu deinen Überzeugungen gekommen bist, ist ja sowieso schon vor fast einem halben Jahrhundert zusammengebrochen. Du bist viel zu spät dran."

„Wie redest du mit mir, Tochter! Was tust du mir an!"

„Was hast du mir jahrzehntelang angetan! Freilich ohne dir darüber klar zu sein. Und – ich gebe es zu – mich trifft eine Mitschuld, weil ich mich nicht dagegen gewehrt habe. Ich bin auch spät dran mit meinem Versuch, den Fehler zu korrigieren."

„Dein Fehler war nicht, zu schweigen, sondern dich überhaupt mit diesem Kerl, diesem Juden, einzulassen."

Thea schlug mit der Hand auf den Tisch, dass das Geschirr klapperte. Das hatte sie noch nie gemacht.

„Wie kannst du so etwas sagen! Wie kannst du den Mann, den ich geliebt habe, einen Kerl nennen! Was maßt du dir ein Urteil an über einen Menschen, den du gar nicht kanntest!" Ihre Stimme war hart und unerbittlich. In ihren Augen schimmerten Tränen. Aber es waren keine Tränen der Trauer, sondern der Wut.

Lange Sekunden, die wie Stunden erschienen, blitzte sie ihn an. Ihr Vater senkte den Blick.

Er hätte nie gedacht, dass er mal eine Entschuldigung über die Lippen bringen würde. Auch Thea hätte das nie erwartet. Im Gegenteil, sie war auf eine sehr heftige Auseinandersetzung gefasst, der sie aber jetzt nicht mehr ausweichen wollte.

Aber die letzte Nacht hatte etwas in Harald verändert. Er sah sich auf einmal nicht mehr als den Helden, der alles weiß und alles kann und alles richtig macht. War es nicht so, dass er nicht nur bei diesem irrsinnigen Überfall und seiner Vorbereitung versagt hatte, sondern auch sonst? Dass vielleicht sein größtes Versagen darin bestand, dass er glaubte, nie zu versagen?

„Entschuldige, ich wollte dir nicht ... wehtun“, quetschte er heraus.

Als sie nichts erwiderte, sondern ihn nur weiter mit gefurchter Stirn, zusammengekniffenem Mund und feuchten Augen anschwieg, stammelte er: „Du hast recht, ich hätte nicht ... ich kenne ihn ja nicht. Ich ... bitte erzähle mir etwas von ihm!“

Langsam löste sich die Spannung in Theas Gesicht. Sie lehnte sich auf ihrem Stuhl mit langsamer Bewegung zurück, bis sie die Lehne berührte. „Du kanntest ihn als Kind.“

„Ach ...?“

„Jakob. Jakob Schimmel, mit dem ich in unserer Wohnung in Wuppertal immer gespielt habe.“

„Hieß es nicht ...“ Haralds Stimme war sanft, als wollte er Öl auf die Wogen gießen und einen neuen Wutausbruch seiner Tochter verhindern. „Hieß es nicht, Jakob sei mit Onkel und Tante nach Amerika ausgewandert? Noch vor Kriegsausbruch?“

„Ja. Aber er ist zurückgekehrt. In den siebziger Jahren.“

„Ich kann mich an das Kind schwach erinnern. Aber ich habe es wohl nur drei- oder viermal gesehen. Und das sagt ja nichts darüber aus, wie jemand ist, nachdem er ein Mann wurde.“

„Er war ein guter Mensch. Klug, fleißig, freundlich. Und alle diese Eigenschaften, samt einer ungewöhnlichen künstlerischen Begabung, hat er an seinen Sohn vererbt.“

„Und es stimmt, was du immer gesagt hast, dass er gestorben ist?“

„Er war in der Armee der Vereinigten Staaten, wurde nach Vietnam geschickt und ist dort gefallen. Du kannst stolz sein, du hast einen Kriegshelden in der Familie.“

„Jetzt bist du bitter!“

„Ja, das bin ich.“

Schweigen.

Dann begann Harald wieder. „Und ihr wolltet heiraten?“

„Ja, heiraten und nach Amerika gehen. In die Freiheit."

Plötzlich waren ihre Tränen nicht mehr ihrer Wut geschuldet, sondern ihrem Schmerz. Den wollte sie ihren Vater nicht sehen lassen. Sie stand auf und trug das Tablett mit dem Geschirr in die Küche. Dort begann sie, es in die Spülmaschine zu stellen. Zwischendurch musste sie innehalten und sich die Nase putzen.

Sie stellte die Maschine an und setzte sich daneben auf einen Küchenstuhl.

Nach einiger Zeit kam ihr Vater nach. Er setzte sich auf einen anderen Stuhl, schwieg zunächst auch und fragte schließlich: „Ist Jakob hierhergekommen, weil er wusste, dass seine Eltern hier versteckt gewesen waren?"

„Ja."

„Hm. Und ... äh, wusste er, wie das alles endete?"

„Du meinst, ob er wusste, dass du seine Eltern vertrieben hast? Ich habe es ihm erzählt. Hätte ich lügen sollen?"

„Und ... äh ... Paul – weiß er auch davon?"

„Ich bin nicht sicher. Aber auf jeden Fall wird er es bald erfahren."

„Du meinst – von dir?"

„Wie wäre es, wenn er es von dir erfahren würde?"

Harald schwieg.

Nach einer Weile sagte Thea: „Ich brauche es ihm nicht zu sagen. Er wird es erfahren aus Rebekka Schimmels Tagebuch."

„Was?"

„Du hast mich doch verstanden."

„Rebekka Schimmel hat ein Tagebuch geschrieben? Über den Aufenthalt hier? Wo ist es? Wer hatte es die ganze Zeit? Du?"

„Niemand. Es lag auf dem Heuboden versteckt. Paul hat es gefunden. Er und Stefanie sind dabei, es in Etappen zu lesen. Das geht langsam, weil sie die Schrift nur schwer entziffern können.

Am Ende, aus dem vermutlich hervorgeht, dass du sie verjagt hast, sind sie noch nicht."

Harald hatte einen neuen Schlag bekommen. Wieder musste er erst seine Gedanken ordnen und seine Gefühle unter Kontrolle bringen, ehe er antworten konnte.

„Du warst ja damals noch klein. Aber du wirst dich noch erinnern können, dass ich Schimmels ... also, dass ich dafür gesorgt habe ..."

„Sehr gut kann ich mich erinnern. Weil ich überhaupt nicht verstehen konnte, dass man Freunde so behandelt. Denn Freunde waren es für mich, und ich hatte ganz selbstverständlich angenommen, dass sie es auch für dich wären. Da wusste ich natürlich noch nicht, dass sie so etwas wie meine Schwiegereltern werden würden."

„Also wissen es alle – du und die Kinder auch. Irgendwann wird sogar meine Urenkelin wissen, was ich für ein Ungeheuer bin."

Thea wollte aufbrausen, sprang auch von ihrem Stuhl, bezwang sich aber und setzte sich wieder hin. „Typisch!", zischte sie nur. „Typisch Leutnant Harald Born."

„Was soll das heißen? Was willst du damit sagen?"

„Was für ein Ungeheuer ich bin – das glaubst du doch gar nicht! Durch solch eine zugespitzte Formulierung willst du nur dir selbst bestätigen, dass du kein Ungeheuer bist. Ich habe den Ausdruck nicht gebraucht. Ich behaupte auch nicht, dass du ein Ungeheuer bist. Du bist immerhin mein Vater. Aber es schmerzt mich, dass deine größte Sorge ist, alle anderen könnten ein schlechtes Bild von dir bekommen. Und das Bild, das du selbst von dir hast, könnte einen Sprung bekommen. Du solltest dich nicht fragen, was für ein Bild du abgibst, sondern wie du bist!"

„Wie ich bin ...", murmelte Harald. „Ja, wie bin ich?" Er stand auf und ging wortlos hinaus.

25

„Hallo Paul!"

„Schön dass du gekommen bist, Werner!"

Der hagere Mann mit ungepflegtem Vollbart und dichter Haarpracht auf dem Kopf zog sich einen Stuhl heran und setzte sich neben Pauls Bett.

„Was machst du für Sachen! Lässt dich von so 'ner Bande verprügeln! Hast du die verärgert, weil sie deine Kunst nicht verstehen?"

„Ich vermute, dass sie überhaupt keine Kunst verstehen würden. Selbst deine nicht."

Beide lachten. Klar, wem Pauls bildhauerische Arbeit nichts sagte, der würde Werners seltsame Skulpturen aus rostigem Eisen erst recht unverständlich finden. Beide Männer kannten sich aus dem Kunststudium.

„Natürlich ist es wichtig", sagte Werner, „dass ich einen Krankenbesuch mache. Wenn du mich nicht gebeten hättest, oder ich auf andere Weise von der Geschichte erfahren hätte ... nun ja, ich will mich nicht besser darstellen, als ich bin. Vielleicht wäre ich nicht gekommen. Aber nun hast du mir bestellen lassen, ich soll kommen. Möglichst schnell. Und da bin ich! Womit kann ich dienen?"

„Ich brauche deine Hilfe, Werner."

„Künstlerisch?"

„Im weiteren Sinne ja. Aber die größere Schwierigkeit ist, dass du das, was ich von dir erbitte, vielleicht nicht künstlerisch anspruchsvoll genug findest."

„Erklär mal!"

„Ich muss etwas weiter ausholen." Paul versuchte sich etwas zur Seite zu drehen, was aber schwierig war, weil sein Bein an einem Gestell hoch aufgehängt war. „Ich bin beauftragt worden, ein Ehrenmal zu schaffen für die Juden, die in der Nazizeit aus unserem Ort vertrieben wurden."

„Das habe ich gelesen. In dem Bericht von dem Überfall. Neonazis – Judendenkmal – alles klar."

„Ich war mit dem Stein fertig, er hatte auch die Zustimmung aller Verantwortlichen und aller Geldgeber gefunden, als der Überfall geschah. Sie haben die Schrift ziemlich zerhackt und die spiegelnde Fläche zerstört. Allerdings nur in dem Bereich, wo die Namen standen. Um die ging's ihnen ja. Nun ist die Einweihung in gut zwei Wochen geplant. So kann man das Denkmal nicht aufstellen und einweihen. Was tun? Sicher ließe sich der Termin auch verschieben. Aber wenn wir ihn so lange hinausschieben, bis ich wieder arbeiten kann und alles in Ordnung gebracht habe, wird es Winter. Dann kommt es erst im nächsten Jahr zur Einweihung. Das wäre mir unangenehm. Es ist auch eine finanzielle Frage. Ich werde ja erst bezahlt, wenn ich fertig bin. Und da ich für meinen Unimog die letzten Ersparnisse ausgegeben habe, bin ich jetzt blank, so wie mein Stein. Wenn ich bis zum nächsten Jahr warten muss ..."

„Verstehe. Aber dass es jetzt nicht klappt, dafür kann dir dein Auftraggeber ja keinen Vorwurf machen. Du bist doch nicht schuld an der Misere."

„Das stimmt zwar. Aber trotzdem hätte ich die Sache gern abgeschlossen."

„Du erwartest aber nicht von mir, dass ich den Stein neu bearbeite? Du weißt, mit Steinen hatte ich es nie so. Außerdem wäre das in zwei Wochen auch kaum zu schaffen. Wo ich damit ziemlich ungeübt bin."

„Nein! Hör zu! Letzte Nacht hatte ich einen Traum."

„Ich auch. Ich träumte ... Entschuldige! Sprich weiter!"

„Ich sah plötzlich vor mir, wie das Denkmal ganz anders werden könnte. Ich habe gestern Morgen gleich meine Frau angerufen, und sie hat mir bei ihrem Besuch ein Foto mitgebracht. Ein Foto von dem Stein, wie er jetzt ist. Und da sah ich, dass das möglich ist, was mir vorschwebt."

„Seit deinem Traum."

„Genau. Da im Schränkchen liegt das Bild. Hol es mal raus!"

Das tat Werner.

„Sieht gut aus, finde ich. Oder besser: sah gut aus. Wie hoch ist der Stein?"

„Zwei Meter neun. Also Mannhöhe, wenn man unter Mann einen guten Basketballer versteht."

„Und was ist nun dein Plan? Dieses verunstaltete Feld links unten einfach abtrennen? Das nimmt fast ein Viertel der ganzen Vorderfront ein. Das wäre dann nicht mehr schön. Unausgewogen."

„Nein, ich möchte es so lassen. Vielleicht kann man nur die Abgrenzung zu der schönen glatten Fläche etwas deutlicher machen. Dann hat dieser Teil mit den hineingehauenen Löchern und den kreuz und quer laufenden Furchen von der Schleifhexe und den Resten der eingemeißelten Schrift etwas – wie soll ich sagen? – Interessantes. Es ist eine gewisse ästhetische Hässlichkeit, wenn du verstehst, was ich meine."

„Durchaus."

„Ist die Zerstörung damit nicht ein Symbol für das, was den Juden damals angetan wurde? Und mehr noch: Diese Symbolik haben die Antisemiten jetzt sogar selbst geschaffen. Was kann man sich Deutlicheres wünschen, um ihr Unwesen anzuprangern!"

„Richtig! Aber die Namen ..."

„Jetzt kommst du ins Spiel. Vorausgesetzt, du bist bereit dazu.

Ich wollte dich bitten, die Namen in Messingbuchstaben zu fertigen. In der gleichen Schrift wie vorher im Stein. Die Schablonen dazu kann dir Stefanie geben. Ich stelle mir vor, dass die Messingbuchstaben in einem Abstand von etwa Fingerdicke über der verunzierten Fläche schweben, mit Stiften im Stein befestigt. Und zwar genau da, wo die Schrift vorher war, sodass die eingemeißelten Buchstaben, die noch erkennbar sind, wie ein Schatten darunterliegen. Den genauen Plan gibt es auf Papier, Stefanie wird ihn dir geben. So schweben die Namen unversehrt über dem Chaos, das die Feinde angerichtet haben. Na, was sagst du? Ist das nicht genial?"

Werner grinste. „Mit dem Wort genial gehe ich gerne etwas sparsam um, besonders wenn es sich nicht um meine eigenen Ideen handelt. Aber trotzdem – ich denke, man kann's so machen. Könnte gut werden."

„Danke für das Lob aus berufenem Mund! Und nun die entscheidende Frage: Machst du's? Was die Bezahlung angeht, dachte ich mir das so: Ich frage meine Auftraggeber. Wenn sie nur mich bezahlen wollen, kriegst du von mir dein Geld."

„Einverstanden."

„Ich weiß, Werner, dass du es vielleicht als Zumutung empfindest, einfach nur Buchstaben nach vorgegebener Form zu machen."

„Lass mal gut sein! Ich habe sowieso gerade keine wichtige Sache in Arbeit. Außerdem – auch Rembrandt musste ganz schlicht seine Leinwand grundieren."

„Sieh es einfach als Mitarbeit an einem Gesamtkunstwerk."

„Sag mal", fragte der Bärtige, „wenn nun unser gemeinsames Gesamtkunstwerk fertig ist – könnte es nicht sein, dass die Neonazis wiederkommen? Wie wollt ihr das verhindern?"

„Das kann man wohl nicht mit Sicherheit verhindern. Wir können ja nicht Tag und Nacht eine Wache davorstellen. Das

Einzige, was helfen könnte, wäre, dass die Täter geschnappt werden."

„Besteht da eine Chance?"

Paul zuckte die Achseln. „Die ist wohl nicht sehr groß. Immerhin hat die Polizei am Tatort ein paar Blutstropfen gefunden. Anscheinend hat einer sich an einer Scherbe der Fensterscheibe geschnitten. Da konnten sie die DNA ermitteln. Aber solange sie keinen Verdacht auf eine bestimmte Person haben, nützt ihnen das nichts."

„Ich verstehe nicht, wie Menschen an so einer Zerstörung Spaß haben können."

„Vielleicht haben sie auch keinen Spaß daran, sondern glauben, dass es ihre Pflicht sei. Entsprechend ihrer Ideologie."

„Ich verstehe auch nicht, wie man so eine überholte Ideologie pflegen kann."

„Ja, Werner", grinste Paul, „was wäre die Welt schön, wenn alle so wären wie wir!"

Werner grinste zurück, reichte Paul die Hand und sagte: „Werde bald gesund! Du hörst von mir über den Fortgang meiner Reparaturarbeiten."

26

5. Mai 1942

Es ist vorbei! Wir müssen unser Versteck verlassen!

Harald ist gekommen. Wegen einer Verwundung am Arm haben sie ihn ins Lazarett und dann befristet nach Hause geschickt. Wahrscheinlich für zwei bis drei Wochen. Als er Annemarie sagte, dass er gern sein Kind sehen wolle und natürlich auch seine Eltern besuchen, verriet sie ihm, dass wir hier versteckt sind. Sie hielt es wohl für besser, es ihm gleich zu sagen, als dass er es selbst entdeckte. Denn dass er von uns hier auf dem Heuboden erfuhr, würde sich wohl nicht vermeiden lassen.

So erzählte es uns Elisabeth vorhin. Wir erlebten nur, wie Harald heute Morgen mit raschen Schritten vom Bahnhof her auf den Hof kam. Noch ehe er seine Eltern mit einer Umarmung begrüßen konnte, hörten wir seine laute Stimme. Ludwig antwortete kaum weniger laut. Es war eine unerfreuliche Situation, besonders wenn man bedenkt, dass sich Eltern und Sohn nach langer Zeit voller Gefahren zum ersten Mal wiedersahen.

Schon nach wenigen Minuten kam Harald zum Stall herüber. Seine Eltern und seine Tochter folgten ihm, Thea weinte. Das alles beobachteten wir durch unseren Sehschlitz. Aaron öffnete die Klappe.

Harald stieg herauf, aber nur so weit, dass wir seinen Oberkörper sehen konnten.

„Ihr könnt hier nicht bleiben!“, sagte er ohne eine Begrüßung.

„Guten Tag, Harald!“, erwiderte Aaron.

„Was fällt euch ein, meine Eltern so auszunutzen! Wenn ihr entdeckt werdet, werden sie schwer bestraft! Wer Juden versteckt, macht sich strafbar. Das wisst ihr doch! Macht es euch nichts aus, ihre Hilfsbereitschaft so auszunutzen und sie möglicherweise mit ins Unglück zu reißen?“

Ludwig rief von unten, von der Tenne: „Halt mal die Luft an, Harald! Wir haben sie eingeladen. Wir wollten, dass sie kommen. Wenn du also schon meinst, mit Vorwürfen um dich werfen zu müssen, dann sind wir die richtige Adresse."

„Keine Sorge, euch mache ich auch Vorwürfe!", rief Harald hinunter. „Meinst du, ich bin glücklich, wenn ihr Juden versteckt? Weißt du nicht, was das bedeutet? Du stellst dich gegen das Gesetz unseres Staates!"

„Das Gesetz Gottes ist mir wichtiger. Man muss Gott mehr gehorchen als den Menschen, steht in der Bibel."

„Hör auf mit deinen Bibelzitaten!", schimpfte Harald wütend. „Mach doch mal die Augen auf! Merkst du denn gar nicht, dass diese alten Sprüche nicht in unsere neue Zeit passen? Du bringst dich noch um Kopf und Kragen mit deiner Frömmigkeit!"

„Ich wäre nicht der Erste, der wegen seiner Treue zu Gott verfolgt wird und vielleicht sogar ums Leben kommt. Und ich wäre nicht der Einzige, der den Glauben höher schätzt als sein Wohlergehen."

Harald, immer noch auf der Leiter stehend, schrie nun nicht mehr. Er zischte nur mühsam beherrscht: „Wenn du dich begeistert ins Martyrium stürzen willst, kann ich dich nicht daran hindern. Vielleicht brauchst du das, um dir selbst zu bestätigen, wie fromm du bist. Aber du solltest auch mal daran denken, was das für mich bedeutet! Meine Karriere ist doch vorbei, wenn bekannt wird, dass ich der Sohn eines Judenfreundes bin. In unserem Dritten Reich ..."

„Ah – daher weht der Wind! Es geht dir gar nicht um uns. Es geht um deine Karriere. Die ist natürlich mehr wert als zwei Menschenleben."

„Es sind Juden! Du sprichst von ihnen, als hättest du nie davon gehört, dass das internationale Judentum ..."

„Es sind Menschen! Was ihr über sie in eurer Propaganda für Giftkübel ausschüttet, interessiert mich nicht."

„Nein, weil du ..."

Weiter kam er nicht. Aaron hatte die große Luke geöffnet und mit einem lauten Knall zufallen lassen, sodass alle erschreckt zusammenfuh-

ren. In die Stille hinein sprach er mit nur mäßiger Lautstärke, ruhig, aber das Zittern in seiner Stimme war nicht zu überhören: „Streitet euch nicht! Es wäre unnötig. Die Juden verschwinden jetzt. Rebekka, pack unsere Sachen zusammen. Aber nur, was wir mitgebracht haben."

Harald knurrte: „Endlich haben sie's begriffen", und stieg die Leiter hinab.

Jetzt meldete sich Elisabeth zu Wort: „Schämst du dich gar nicht, Junge? Kannst du wirklich zwei Menschen, die unsere Freunde geworden sind, mit denen du selber mal früher gut bekannt warst, kaltblütig in den Tod schicken?"

„Sollen sie sich anderswo verstecken! Dass ich kein Unmensch bin, siehst du daran, dass ich sie ja gar nicht den Behörden melde, wie es eigentlich meine Pflicht wäre. Ich will sie nur nicht auf unserem Hof haben."

„Unserem Hof?", fragte Ludwig. „Wem gehört denn der Hof? Wenn ich recht weiß, immer noch deinen Eltern. Wir haben hier das Hausrecht und können zu Gast haben, wen wir wollen."

„Ach, Vater! Du weißt doch, dass du Unsinn redest! Wenn es normale Gäste wären, bräuchten sie sich nicht auf dem Heuboden zu verstecken. Sie sind Staatsfeinde, und da gelten andere Regeln."

„Staatsfeinde? Ihr habt sie zu Feinden erklärt, obwohl sie ..."

„Aufhören!", schrie ich laut. Ich weiß nicht, wie ich dazu kam, ich bin sonst ein eher leiser Mensch. Aber es quoll einfach aus mir heraus. „Ihr sollt still sein! Aaron hat doch gesagt, dass wir gehen. Wir wollen nicht schuld sein am Streit." Und leiser fügte ich hinzu: „Ludwig und Elisabeth haben uns so viel Gutes getan. Sie sollen nun nicht unseretwegen in Konflikte gestürzt werden. In zehn Minuten sind wir weg."

Harald rief: „Nein, nicht in zehn Minuten! Am Ende sieht euch jemand, wie ihr vom Hof kommt. Erst heute Nacht, wenn es dunkel ist. Aber wenn ich morgen komme, und ihr seid noch da, bin ich ein paar Minuten später bei der Polizei. Das ist mein letztes Wort."

Er wandte sich ab. Dabei wollte er Thea, die die ganze Zeit schluchzend danebengestanden hatte, auf den Arm nehmen. Aber die wich ihm aus und schmiegte sich an ihre Großmutter. Verärgert sah Harald sie einen Augenblick an, dann ging er auf den Hof hinaus.

Ludwig und Elisabeth standen schweigend auf der Tenne und sahen zu uns herauf.

Ich stieg hinunter. Es gab dafür keinen vernünftigen Grund, aber ich fühlte, dass ich nun nicht auf Abstand mit ihnen sprechen konnte. Unten angekommen umarmte ich Elisabeth und zugleich Thea, die sie auf dem Arm hatte. Ich wollte etwas sagen, aber mir fehlten die Worte.

Aaron kam auch. Er fand eher Worte. „Seid nicht traurig! Ihr habt uns so sehr geholfen. Ihr habt euch als liebevolle Menschen erwiesen. Dafür danken wir euch. Ihr habt euch in große Gefahr begeben und viele Opfer gebracht. Aber das Opfer, den Sohn zu verlieren, wäre zu groß …"

„Wir haben ihn bereits verloren", murmelte Ludwig.

„Wir gehen heute Nacht. Sollten wir irgendwie und irgendwo diese schreckliche Zeit überleben, werden wir euch immer dankbar sein. Sollte es uns nicht gelingen zu überleben, dann ist es uns in unsrer letzten Stunde wenigstens ein Trost, dass nicht alle Menschen in diesem Land uns mit Hass überschüttet haben."

„Sondern", ergänzte ich, „dass ihr uns mit Liebe überschüttet habt."

Ludwig sagte leise, nachdem er sich vorsichtig umgesehen hatte: „Mir kommt da ein Gedanke. Ihr könnt in den Wald fliehen, wo ihr damals Heidelbeeren gepflückt habt. Harald will nur bis übermorgen bleiben. Wenn er weg ist, kommt ihr einfach wieder her. Dann erfährt er nichts davon."

„Nein, Ludwig!" Aaron schüttelte den Kopf. „Das machen wir nicht."

„Thea wird nichts verraten, und wer sollte sonst davon wissen?", fuhr Ludwig fort, als hätte er Aarons Einwand gar nicht gehört. „Es kann weitergehen wie bisher …"

„Nein", widersprach nun auch ich. „Lass es gut sein! Wir haben genug Leid in eure Familie gebracht. Wir werden eine andere Lösung finden." Davon war ich zwar nicht überzeugt, im Gegenteil, ich hatte Angst. Aber in diesem Augenblick konnte ich nichts anderes sagen.

Elisabeth sagte: „Wir kommen heute Abend, wenn es dunkel ist, noch einmal her und verabschieden uns."

Ludwig nickte. Leise, aber tiefernst sagte er: „Der Gott Abrahams, Isaaks und Jakobs sei mit euch!"

Thea wollte von uns beiden auf den Arm genommen werden. Ich denke, dass sie nicht bis ins Letzte verstanden hat, was hier vorging. Aber sie weinte, bis Elisabeth sie von meinem Arm nahm und mit ihr hinausging.

Ja, so sitze ich nun also auf unserem alten Lehnstuhl und schreibe auf dem Schoß die letzten Eintragungen in mein Tagebuch. Aaron möchte nicht, dass wir es mitnehmen. Er fürchtet, dass es Nazis in die Hände fallen könnte, wenn sie uns erwischen sollten. Und dann wären Borns schlecht dran. Ich werde das Buch also irgendwo hier oben verstecken, wo es vorläufig niemand findet, auch nicht, wenn mal der ganze Boden leer vom Heu ist.

Vielleicht findet Harald einmal später die Notizen, wenn er den Hof erbt. Dann soll er sie ruhig lesen. Vielleicht ergibt es sich, dass ich sie in einer anderen Zeit in einem anderen Deutschland selbst abholen kann. Vielleicht bleiben sie aber auch Jahrzehnte oder gar Jahrhunderte da liegen, bis Stall und Scheune einmal abgerissen werden, weil man neue Gebäude bauen will, oder eine Reichsautobahn von Köln nach Kassel hier vorbeiführen soll – wer weiß!

Wie auch immer, es ist bei aller Angst und allem Leid ein tröstlicher Gedanke, dass meine – unsere – Geschichte irgendwo aufgezeichnet ist.

27

Harald Born war inzwischen 85 geworden. Der Tag war nicht gefeiert worden. Er hatte es sich verbeten. Seine Tochter Thea hatte einen schlichten Streuselkuchen gebacken, aber er hatte nur ein Stück und eine Tasse Kaffee mit in sein Zimmer genommen. Er wollte allein sein. Die Gratulation von Stefanie und ihrem Töchterchen hatte er angehört, sie aber schnell wieder hinauskomplimentiert, nur der kleinen Leoni hatte er kurz über das Haar gestrichen. Die Post lag noch ungeöffnet, und er hatte Thea eindringlich gebeten, keinen offiziellen Gratulanten – sei es von der politischen oder der Kirchengemeinde – hereinzulassen. Eine Erklärung dafür könne sie sich selbst ausdenken, wenn sie meine, dass eine nötig sei.

Jetzt stand er am Fenster und beobachtete, wie der große Gedenkstein aus der Werkstatt geholt wurde. Offenbar hatten sie ihn erneut mit dem Flaschenzug auf die Rollen gehoben. Auf dem Hof stand wieder ein riesiger Kranwagen.

Paul stand dabei, das Bein in Gips, gestützt auf zwei Krücken. Der Mann, der in den letzten Tagen immer zum Arbeiten hier gewesen war, leitete die drei Männer an, die dabei halfen, den schweren Stein zu bewegen. Paul rief nur ab und zu etwas, was Harald aber nicht verstehen konnte.

Thea hatte ihm erzählt, weshalb der Fremde hier war: Die Namen waren in Metallbuchstaben geschrieben, die auf der zerstörten Fläche angebracht waren. Sie hatten also die Spuren der Aktion nicht beseitigt. Sie sollten sogar absichtlich sichtbar bleiben!

Harald holte sein Fernglas, um genauer beobachten zu können.

Das Wetter schien unangenehm kühl zu sein, und es nieselte ein wenig. Stefanie, die auch zuschaute und deshalb vor ihrer Haustür stand, zog gerade Leoni eine Regenjacke an. Nur die Männer, die angestrengt arbeiteten, schienen zu schwitzen.

Jetzt war der Stein mit seiner Vorderseite zu sehen. Harald richtete das Glas darauf. Tatsächlich – man konnte die golden glänzende Schrift sehen. Er versuchte sogar, den Namen „Schimmel" zu finden. Es musste der vorletzte sein, weil nur noch einer folgte, der mit W begann. Aber Harald konnte die Buchstaben nicht deutlich genug sehen. Das Glas war gut, aber seine Augen nicht mehr. Vielleicht war auch der Nieselregen schuld.

Dicke Seile wurden um den Stein gelegt. Anscheinend hatten sie extra ein metallenes Gestell geschweißt, damit die Seile und Ketten nicht verrutschten und dabei die Buchstaben abrissen. Erst recht, um zu verhindern, dass der dicke Brocken aus den Seilen rutschte und zu Boden krachte.

Der Kran hob das schwere Denkmal auf die Ladefläche des LKWs. Die Männer stiegen auf und sicherten es. Dann fuhr der Kranwagen los. Jemand half Paul in einen PKW, das Werkstatttor wurde geschlossen, und bald lag der Hof verlassen da. Nur Stefanie stand noch eine Weile vor ihrer Tür und unterhielt sich mit ihrer Tochter. Man sah es an den Bewegungen von Kopf und Mund. Harald betrachtete das Kind durch das Glas.

Meine Urenkelin!, dachte er. Mit jüdischem Blut. Und mit meinem. Was wird wohl aus dem Kind werden? Wird Leoni, wenn sie groß ist, mit angenehmen Erinnerungen von ihrem Urgroßvater sprechen, der immer spannende Geschichten erzählt hat? Oder wird sie sich schämen, einen Urgroßvater gehabt zu haben, der seine Familie mit seiner Meinung tyrannisierte? Der so verbohrt war, dass er am Tod der Urgroßeltern väterlicherseits schuld ist? Wird ihr peinlich sein, dass sie einen jüdischen Großvater und jüdische Urgroßeltern hat, oder wird sie stolz darauf sein? Wer kann schon wissen, wie die Menschen in zwanzig oder vierzig Jahren denken werden! Denn vom Denken der Mehrheit wird wohl wesentlich abhängen, wie sie dann ihre eigenen Ahnen beurteilt. Und das Denken der Menschen wandelt sich alle paar Jahrzehnte. Nur meins ist immer gleich geblieben. Ist das nun Starrsinn oder Standfestigkeit?

Was soll's! Es ist doch gleichgültig, was spätere Generationen über mich denken. Ich habe, wenn ich tot bin, weder Schaden noch Nutzen davon. So sagt der Verstand. Aber das Gefühl sagt etwas anderes. Und was mein Gefühl sagt, lässt sich nicht einfach mit Aussagen des Verstandes glattbügeln.

Und was sagt mein Gefühl? Unterstützt sogar von nüchterner Überlegung? Es sagt: Ich bin ein Versager!

Ich habe mit Begeisterung einen Krieg geführt und ihn verloren.

Ich habe mich völlig einer Ideologie hingegeben, und die ist nun tot.

Ich habe einem Führer Treue geschworen, aber der hat tief enttäuscht.

Danach wollte ich ein neues Leben anfangen, bin von Beschäftigung zu Beschäftigung gesprungen und habe nirgends richtig Fuß gefasst. Noch nicht einmal meinem Vater auf dem Hof zu helfen war ich tüchtig genug. Hatte kein Geschick und auch keine Lust.

Ich wollte meine Tochter in meine Bahnen lenken und habe sie innerlich verloren.

Ich habe durch meinen Fanatismus erreicht, dass sie ihren Geliebten vor mir verschwieg, habe dessen Eltern in den Tod getrieben und mich in meiner Familie isoliert.

Zuletzt habe ich hinterhältig die Arbeit meines Enkels zerstört – in bester Absicht, wie ich meinte – und ihn dabei verletzt. Und nichts erreicht, außer zu beweisen, wie schäbig ich bin.

Alles, was ich angepackt habe, misslang. Braucht es noch mehr Beweise, dass ich ein Versager bin?

Einen letzten gibt es noch: Ich meinte, das Kunstwerk, das mich geärgert hat, weil es meiner irregeleiteten Weltanschauung widersprach, zu zerstören. Aber nun ist es dadurch noch eindrücklicher geworden. Ich habe mich selbst besiegt, mit einem Eigentor. Der Schuss ging nach hinten los. Eine Blamage für einen Soldaten. Ich bin bloßgestellt mit meiner starren Haltung. Ich habe verloren.

Und wahrscheinlich ist es gut, dass ich verloren habe. Denn meine Sache hat es wohl verdient, endgültig besiegt zu werden. Und ich auch, weil ich nicht bereit war, das rechtzeitig zu erkennen und zuzugeben. Weil ich nicht zum vermeintlichen Feind übergelaufen bin, als ich längst hätte erkennen können, dass ich im Unrecht war und auf verlorenem Posten stand.

Ich bin ein Versager. Ich passe nicht mehr in diese Welt. Ich bin ein Fremdkörper am Ende des zwanzigsten Jahrhunderts. Ein Fremdkörper wie der Einschluss in Pauls Stein. Ich gehöre hier nicht mehr hin.

Und darum muss ich das ändern.

28

Es war ein kühler Herbsttag, aber die Sonne schien. Im Gegensatz zu vorgestern, als sie den Gedenkstein aufgestellt hatten, war es heute trocken. Die Strahlen der Nachmittagssonne ließen das Messing der Schrift auf dem Stein wie Gold erscheinen, das durch den schräg dahinterliegenden Schatten wie eingerahmt wirkte. Um den Stein herum hatte der Gärtner Fertigrasen ausgelegt, damit es nicht so schmutzig aussah bei der Einweihungsfeier. Später sollte noch anderes eingesät und mit Blumenrabatten verziert werden. Kleine Büsche waren drum herum gepflanzt sowie eine Kastanie, die in einigen Jahren zur Mittagszeit ihren Schatten auf den Stein werfen würde.

Es war im „Programmausschuss" darüber diskutiert worden, ob man das Denkmal mit einem Tuch verdecken und während der Feier enthüllen sollte. Aber weil der Bürgermeister das albern fand, da durch Pressefotos ohnehin schon jeder wusste, wie es aussah, hatte man darauf verzichtet.

Vor dem Denkmal waren einige Reihen Stühle aufgestellt. Der Bürgermeister saß da und sogar der Landrat. Daneben hatte ein Rabbiner Platz genommen, der wohl von Köln kam. Man wusste das nur von Gerüchten, aber wenn er nachher einige Worte an die Anwesenden richten würde, würde er sicher vorgestellt werden. Den Pfarrer neben ihm kannten alle, auch er würde etwas sagen. Auch ein Priester war da – aus einem Nachbarort, weil es hier keine katholische Gemeinde gab. Alle drei würden, stand zu vermuten, nicht auf die Unterschiede in ihren Lehren zu sprechen kommen, sondern an Toleranz und Menschenliebe appellieren.

Neben dem Pfarrer saß Paul Born, der Künstler, der für sein Werk in der Presse schon gelobt worden war. Er hatte ein Gipsbein, konnte aber mit Krücken gehen. Neben ihm saß seine Gattin. Seine Mutter hielt sich mit dem Enkelkind diskret im Hintergrund.

Selbstverständlich war man allgemein gespannt, was der Bildhauer zu sagen hatte. Denn die Geschichte von der Entstehung des Denkmals und wie es zu dem Gipsbein kam, war allen bekannt. Das Dorfgerücht war da noch schneller und detaillierter als die Presseberichte.

Apropos Presse: Neben mehreren Reportern und Fotografen, die schon, bevor die Feier losging, den Stein und die Versammlung aufgenommen hatten, war sogar ein kleines Fernsehteam von der Landesschau gekommen. Der Kameramann suchte, von etwa achtzig Augenpaaren verfolgt, nach der besten Position.

Rechts stand der Männerchor. Alte Dorfbewohner konnten sich noch erinnern, dass die Sänger des 1904 – also im selben Jahr wie der Fußballverein Schalke 04 – gegründeten Chores früher einheitlich gekleidet gewesen waren. Davon war man inzwischen abgekommen. Aber in seriösen Anzügen standen alle einunddreißig Männer da. Wären junge Sänger dabei gewesen, hätte es mit den Anzügen sicher Schwierigkeiten gegeben. Aber die traten nicht auf, weil keines der Chormitglieder jünger als sechzig war.

Auf der linken Seite saß auf elf Stühlen der Posaunenchor vom CVJM. Lange hatte man diskutiert, ob man von den Anwesenden ein Lied singen lassen sollte. Das hätten die Bläser dann begleitet. Aber man wusste nicht, was. Ein christlicher Choral schien bei einer Feier zu Ehren von ehemaligen jüdischen Mitbürgern unpassend. Ein Volkslied erst recht, und sonst kannte man nichts Geeignetes. So hatte man die Bläsergruppe gebeten, zum Eingang ein Intrade zu spielen, dafür brauchte man keinen Text.

Ein ähnliches Problem hatte übrigens auch der Männerchor gehabt. In seinem Repertoire fand sich kein Lied, das so recht für den Anlass passend gewesen wäre. Wie selbstverständlich hatte darum der Dirigent das Lied „Ich bete an die Macht der Liebe" gewählt. Erstens, weil sie das bei fast jeder Gelegenheit sangen und dafür nicht mehr üben mussten, und zweitens, weil es von der Liebe handelte, und das konnte ja nicht verkehrt sein.

Da hatte Hans Meier aus dem zweiten Tenor auf die zweite Zeile des Liedes aufmerksam gemacht: „... die sich in Jesus offenbart." Das sei doch eine Aussage, hatte er gemeint, die ein Anhänger des jüdischen Glaubens nicht so nachvollziehen könne. Und die darum Verärgerung auslösen könne.

Nach einer Zeit völliger Ratlosigkeit und anschließender Diskussion hatte man sich darauf geeinigt – genauer: Man hatte Hans Meier überstimmt –, das Lied trotzdem zu nehmen. Erstens, weil man kein anderes hatte, und zweitens, weil die Zeile sicher niemandem auffallen würde. Sie war ja auch bisher niemandem aufgefallen, noch nicht einmal den Chorsängern selbst, warum sollte es da gerade diesmal geschehen! Auch der Vorschlag von Eberhard Metzger aus dem zweiten Bass, das Lied an dieser Stelle umzudichten, wurde aus dem gleichen Grund verworfen.

Da der Bürgermeister – auch nach seiner eigenen Einschätzung – nicht besonders redegewandt war, hatte man den Studienrat Silbernagel gebeten, die Moderation zu übernehmen. Das passte auch, weil er Vorsitzender des örtlichen Heimat- und Kulturvereins war. Und diese Sache hier hatte ja viel mit Heimat und auch einiges mit Kultur zu tun. Außerdem hatte Herr Silbernagel die Gabe, da, wo es angebracht war, seine Rede mit dezentem Humor zu würzen, und da, wo erforderlich, auch den passenden ernsten Ton zu finden. Seiner Neigung, die vorgegebene Redezeit auf das Doppelte auszudehnen, wollte man mit eindringlicher

Vorwarnung und gegebenenfalls mit für das Publikum unsichtbaren Handzeichen entgegenwirken.

Herr Silbernagel hatte einen langen dünnen Hals, an dem sein Adamsapfel rauf- und wieder runter hüpfte. Das hatte seinen Schülern immer viel Anlass zum Vergnügen gegeben, zumal Herr Silbernagel mit Vornamen Adam hieß. Aber die ehemaligen Schüler, die im Programmausschuss vertreten waren, hatten die Meinung geäußert, dass der ernste Anlass eventuell aufkommenden Spott im Zaum halten würde.

So war also alles vorbereitet für das Gelingen einer würdigen Feier.

„Wie fühlst du dich?“, flüsterte Stefanie ihrem Gatten zu.

Darüber musste der erst nachdenken. Nachdem er seine Gefühle analysiert hatte, flüsterte er zurück: „Zufrieden.“

„Nicht stolz?“

„Ein wenig Stolz ist ein Teil der Zufriedenheit.“

Stefanie wollte gerade fragen, worin die übrigen Teile der Zufriedenheit bestünden, da merkte sie, wie der Studienrat mit dem Bürgermeister flüsterte, durch Winken die Aufmerksamkeit des Posaunenchordirigenten erheischte und demonstrativ auf seine Armbanduhr tippte.

Punkt fünfzehn Uhr.

Der Dirigent hob die Arme. Ein leichter Windstoß blies das Notenblatt der Tuba vom Notenständer. Es flatterte bis vor das Denkmal. Stefanie sprang auf und brachte es zurück. Der Tubist bedankte sich mit einem Nicken seines vor Verlegenheit roten Kopfes.

Erneut hob der Dirigent die Arme, man setzte die Instrumente an die Lippen, und dann erklang festliche Renaissancemusik. Dem Bürgermeister kam das Stück bekannt vor, was trotz seiner Unmusikalität nicht verwunderlich war, denn es war schon bei vielen ähnlichen Anlässen gespielt worden.

Nachdem der letzte Ton verklungen war, herrschte Stille. Die meisten Anwesenden bewegte die Frage, ob sie klatschen sollten oder ob dies bei solch einem Anlass unangebracht war. Dann fing aber ein Mutiger an, weitere schlossen sich an, und schließlich war der Applaus allgemein.

Studienrat Adam Silbernagel erhob sich. Man hatte ein Mikrofon aufgestellt, weil sonst die weiter hinten Stehenden nichts gehört hätten.

„Sehr verehrter Herr Landrat …", begann der Moderator, aber er war wohl im Gebrauch des Mikrofons ungeübt, oder dieses hatte eine andere Richtcharakteristik als das, das er gewohnt war – jedenfalls kam seine Stimme hinten nicht an, weil er zu weit wegstand.

„Bitte lauter!", rief jemand von hinten.

„Sehr geehrter Herr Landrat …", begann er etwas lauter von neuem. Aber der junge Mann, der die Lautsprecheranlage aussteuerte, hatte auf den Zuruf hin weiter aufgedreht. Die Folge war ein penetrantes Pfeifen. Ältere Zuhörer schüttelten entsetzt die Köpfe, einige hielten sich die Ohren zu, nur die Verantwortlichen und die Prominenten lächelten milde.

Der Misston hörte auf. Der junge Techniker – er spielte in der örtlichen Jugendband – kam nach vorn und schob den Studienrat näher ans Mikrofon, was auf Eingeweihte etwas unhöflich wirkte, weil der Musiker noch vor kurzem der Schüler des Moderators gewesen war.

„Sehr geehrter Herr Landrat …", begann Herr Silbernagel zum dritten Mal. Aber auch diesmal kam er nicht weiter, denn jemand rief laut: „Feuer!"

Die Prominenten glaubten zunächst an einen schlechten Scherz. Aber dann wurde gerufen: „Da, im Dorf! Eine hohe Rauchsäule!"

In diesem Moment ertönte die Feuersirene. Die anwesenden

Männer und Frauen von der Freiwilligen Feuerwehr sprangen auf und rannten zu ihren Autos. Eine allgemeine Unruhe entstand.

Der Bürgermeister tauschte einige Sätze mit den Mitverantwortlichen, dann beugte er sich nah an das Mikrofon und sagte: „Wir bitten um Verständnis, dass wir die Feier abbrechen müssen. Ein neuer Termin wird bekanntgegeben."

29

Klaas van der Felde freute sich auf die Begegnung.

„Meinst du, dass es Sinn hat?“, fragte sein Schwiegersohn.

„Was denn? Nach Pfalzhof zu fahren?“

„Zum zweiten Mal.“

„Es ist wichtig! Für mich. Tut mir den Gefallen! Ich habe nur einmal nach dem Krieg einen Besuch gemacht, als die alten Borns noch lebten. Danach haben wir nur Briefe geschrieben. Sicher, die Enkelin Thea ist nicht beteiligt gewesen an dem, was ihre Großeltern mir Gutes getan haben. Aber wir verstehen uns auch. Außerdem haben wir versprochen zu kommen.“

„Es ist schon seltsam, dass ein Gefangener dankbar ist gegenüber einem aus dem Volk, das ihn gefangengenommen hat. Und zur Zwangsarbeit verpflichtet.“

„Ich bin ja nicht dem Volk dankbar, sondern diesen Menschen. Die mein Leben gerettet haben.“

„Siehst du das nicht ein bisschen zu dramatisch, Vater? Das Leben gerettet ...“

„Doch!“, mischte seine Frau sich ein. „Großmutter hat das auch immer gesagt. Ohne die Versorgung durch Ludwig und Elisabeth Born hätte ihr Sohn das nicht überlebt, so kurz nach der Operation. Wir haben damals die beiden auch mal eingeladen, uns zu besuchen. Es hat aber nie geklappt.“

„Jetzt da auf die Bundesstraße!“, sagte Klaas, der die Karte auf dem Schoß hatte.

Sein Schwiegersohn lenkte in die angegebene Richtung. „Was ist mit dem Sohn der alten Borns, diesem Harald?“

„Mit ihm bin ich nicht so richtig warm geworden, als ich damals bei Borns zu Besuch war. Vielleicht weil er bei meinem ersten Aufenthalt auf dem Hof an der Front war. Da kannte ich die Alten und ihre Enkelin Thea besser. Vielleicht lag es aber auch an seiner Art. Er war mir gegenüber ziemlich reserviert. Aber – nun ja – er gehört auch zur Familie."

Einige Kilometer fuhren sie schweigend weiter.

„Da!" Frau van Dyken zeigte nach vorn. „Da kann man einen Imbiss zu sich nehmen. Sollten wir da nicht mal anhalten und etwas essen? Wir können uns ja bei Borns nicht einfach so zum Mittagessen einladen. Darauf sind sie nicht vorbereitet."

„Dafür kämen wir wohl auch etwas zu spät", bestätigte Klaas. „Es sind noch ungefähr sechzig Kilometer."

Sie hielten an, stiegen aus und schauten, was der Kiosk zu bieten hatte. Nachdem sich jeder etwas gewählt und bestellt hatte, saßen sie auf schlichten Bänken im Freien – es war kühl, aber die Sonne schien – und aßen: Currywurst, Bockwurst mit Brötchen und Baguette.

Klaas sah auf die Uhr. „Wenn wir jetzt weiterfahren, könnten wir so gegen drei da sein."

Seine Tochter meinte: „Dann schlage ich vor, dass wir, wenn wir bei einer Bäckerei vorbeikommen, Kuchen mitnehmen. Dann tragen wir etwas zum gemeinsamen Kaffeetrinken bei."

„Gute Idee! Auf geht's!"

Tatsächlich fanden sie in einem der nächsten Orte eine Bäckerei direkt an der Hauptstraße, deckten sich mit einem reichlichen Vorrat an verschiedenen Kuchenstücken ein und kamen kurz vor drei am Ortseingangsschild von Pfalzhof vorbei.

Auf dem Hof von Familie Born stellten sie ihr Auto ab und stiegen aus. Niemand war zu sehen. Klaas wunderte sich, dass ein altes Auto, ein sehr altes, auf dem Hof stand, aber weit vorn bei der Straße. Er ging zum Haupthaus auf der linken Seite und klingelte. Keine Reaktion.

Seine Tochter klingelte auf der anderen Seite bei den jungen Leuten. Auch da rührte sich nichts. Sie kam wieder zum Auto, das näher beim Fachwerkhaus stand, zog die Luft durch die Nase und sagte: „Es riecht so merkwürdig."

„Ja, verbrannt."

„Da!" Herr van Dyken zeigte auf die Scheune. „Rauch!" Es quoll zwischen den Dachziegeln heraus. Nur wenig zunächst, aber eindeutig: Es brannte!

Klaas sagte zu seiner Tochter: „Feuer! Lauf du zu irgendwelchen Nachbarn, sie sollen die Feuerwehr rufen!" Sie rannte los.

Klaas und sein Schwiegersohn liefen zu dem großen Tor, das auf die ehemalige Tenne führte, und rissen es auf. Vor ihnen lag die leere Tenne. Rechts, wo es früher zum Kuhstall ging, war eine Mauer hochgezogen worden, hinter der jetzt die Werkstatt lag. Immer noch führte eine Leiter hinauf auf den Heuboden. Da die große Klappe geöffnet war, konnten sie hinaufschauen, wenn sie auch nicht den ganzen Heuboden einsehen konnten.

Da brannte es! Sie sahen, wie ein Mann, nur als Schatten erkennbar, umherlief und einen Benzinkanister, den er ausgeleert hatte, zur Seite schleuderte. Eine gewaltige Stichflamme schoss empor. Sie wäre noch höher hinaufgelodert, wenn das Dach sie nicht stattdessen in die Breite gedrückt hätte. Durch die Wucht der Explosion wäre der Mann fast aus der Öffnung nach unten geschleudert worden.

„Hallo! Was machen Sie da? Kommen Sie runter! Schnell!"

Ihr Rufen ging im lauten Prasseln des Feuers fast unter. Aber anscheinend hatte der Mann sie doch gehört. Er schaute für einen Sekundenbruchteil hinunter und winkte heftig, sie sollten verschwinden. Jetzt erkannte Klaas ihn – es war Harald Born.

Die beiden Holländer standen starr und wussten nicht, was sie tun sollten. Hilflos beobachteten sie, wie der alte Mann über ihnen seinen Kopf in die Schlinge eines Seils steckte. Das lief über eine Rolle am Dachbalken und war mit dem anderen Ende direkt vor ihnen an einem eisernen Krampen am Boden angeknotet.

Entsetzt sahen sie, wie Harald sich fallen ließ. Nun baumelte er mit dem Hals an dem Strick und zappelte mit den Beinen, so hoch, dass die beiden Männer ihn nicht erreichen konnten.

Was tun? Die rechte Hälfte des Gebäudes brannte hell, sie konnten nicht die Leiter hinauf.

Klaas sah sich nach einem Werkzeug um, während sein Schwiegersohn vergeblich versuchte, den Knoten am Boden zu lösen. In einer Ecke standen einige alte Geräte für den Gartenbau herum: Rechen, Harken und – ein Spaten! Klaas rannte hin, holte den Spaten und schlug auf das Seil ein. Genau über dem eisernen Krampen, damit es auf dem festen Untergrund schneller durchtrennt würde. Wieder und wieder holte er weit aus und schlug zu. Doch das Seil war zu dick, nur einige seiner Fasern waren zerfetzt. So würde es zu lange dauern. Klaas betrachtete den Spaten und stellte fest, dass die Seiten stumpf waren, die Spitze aber schärfer. So hieb er das senkrecht gehaltene Werkzeug von oben auf das Seil, mehrmals, heftig keuchend, bis er fast nicht mehr konnte.

Endlich waren es nur noch ein paar Fasern, die das Seil zusammenhielten. Dann gab es einen kleinen Ruck, und das Seil riss. Der alte Mann am anderen Ende sauste herunter. Die beiden wollten ihn auffangen. Aber obwohl sie nahe standen, gelang es ihnen nur, seinen Sturz etwas abzuschwächen.

Das Feuer verbreitete eine furchtbare Hitze. Es breitete sich schnell über den ganzen Dachstuhl aus und brannte jetzt schon direkt über ihnen.

Sie hatten keine Zeit, den Kopf des alten Mannes aus der Schlinge zu ziehen. So zerrten sie ihn einfach durch das Tor hinaus auf den Hof. Das Seil blieb an seinem Hals, das abgehackte Ende lief über die Rolle. Erst als sie in genügendem Abstand von der brennenden Scheune waren, lösten sie die Schlinge und befreiten Harald davon.

Inzwischen war Frau van Dyken wieder zurück. Sie hatte mal einen Erste-Hilfe-Kurs absolviert und kümmerte sich um Harald. Der lebte. Er rührte sich zwar nicht, aber der Puls war zu spüren, und dann röchelte er.

Klaas holte eine Decke aus dem Auto, und gemeinsam legten sie den Alten darauf, noch ein Stück weiter bei der Straße. Dann fuhr van Dyken sein Auto vom Hof, damit die Feuerwehr Platz hatte. Die kündigte sich jetzt durch ihre Warnsirene an und brauste kurz darauf auf den Hof.

Männer rannten umher, Schläuche wurden ausgerollt, Rufe drangen durch das Prasseln des Feuers – es war ein dramatisches Durcheinander.

„Das ist ja fast wie im Krieg!", murmelte Klaas.

Ein Krankenwagen kam. Ein Nachbar hatte den gerufen. Harald Born wurde hineingeschoben, und der Wagen fuhr davon.

Stefanie war die erste aus der Familie, die angerannt kam. Sprachlos stand sie auf dem Hof und starrte in die Flammen.

Dann kam Thea mit Leoni an der Hand.

„Vater!", rief sie. „Vater!" Sie schob das Kind einer Nachbarin zu und lief zu dem Fachwerkhaus links, wo ihr Vater unten seine Wohnung hatte. „Vater! Bist du hier?"

Klaas folgte ihr. „Thea, beruhige dich! Dein Vater ist in Sicherheit!"

„In Sicherheit?"

„Er wollte sich das Leben nehmen. Aber wir sind gerade noch rechtzeitig gekommen und konnten das verhindern. Er lebt. Ein Krankenwagen hat ihn fortgebracht."

„Er wollte ...? Wegen des Feuers?"

„Nein, das Feuer hat er selbst gelegt. Es sollte wohl ... ein Teil seines Abschieds sein."

„Aber warum ...?" Da erst wurde ihr klar, mit wem sie sprach. „Klaas, du? Wie kommt es, dass du ...?"

„Ich hatte doch gesagt, wir kommen noch mal vorbei."

„Gerade im richtigen Augenblick! Vater hat wohl den Moment gewählt, wo wir alle bei der Einweihung des Denkmals waren. Damit er ungestört ... Er hat nicht damit gerechnet, dass ihr kommt, ausgerechnet jetzt."

„Wir wollten doch noch mal kommen, damit wir uns mehr Zeit nehmen können. Wir haben sogar extra etwas Kuchen ... Na, das ist wohl jetzt nicht ..."

Er wandte sich zum Hof, wo eben Paul angehumpelt kam und starr auf das Feuer blickte, auf einen Helfer gestützt. Seine kleine Tochter umklammerte weinend sein gesundes Bein.

30

Karl Seifert klopfte an die Tür des Einzelzimmers im Krankenhaus und trat ein, obwohl er kein „Herein“ hörte.

„Guten Tag, Herr Born.“

Keine Antwort.

„Schlafen Sie?“

Mürrisch kam es aus dem Bett: „Ich will keinen Besuch!“

„Mit mir werden Sie doch hoffentlich sprechen wollen! Ich bin extra von weit her gekommen. Das wäre ja dann ganz umsonst gewesen. Schicken Sie mich bitte nicht weg!“

„Sind Sie der Pfarrer? Ich brauche weder Trost noch Ermahnungen.“ Immer noch lag der Patient mit abgewandtem Gesicht.

„Da irren Sie sich! Sie brauchen beides! Aber seien Sie beruhigt, ich bin nicht der Krankenhausseelsorger.“

„Ich habe meiner Familie ausrichten lassen, dass ich sie nicht sehen will. Wie sollte ich da mit einem Wildfremden plaudern wollen!“

„Eben darum!“, sagte Seifert. „Dass Sie mit der Familie nicht reden wollen, verstehe ich. Immerhin haben Sie ihr allerhand Kummer gemacht. Wahrscheinlich schämen Sie sich sogar ein bisschen. In solchen Fällen kann man meistens mit einem Fremden viel besser reden.“

Harald drehte langsam den Oberkörper etwas herum. Mehr ging nicht, weil sein Fuß gebrochen war, der eingegipst erhöht lag. Außerdem hatte er eine Art Kragen um den Hals. Er sah seinen Besucher an, sagte aber nichts.

„So ganz fremd sind wir uns allerdings nicht. Kurz nach dem Krieg haben wir uns mal gesehen. Ich gebe zu, wir haben uns beide seitdem nicht unwesentlich verändert. Ich war damals mit einer Gruppe von Jungen auf Ihrem Hof. Mit einem gewissen Pfarrer Busch. Ihre Eltern waren so freundlich, uns armen und halb verhungerten Stadtkindern etwas zu Essen zu geben."

„Ich habe das nicht befürwortet, damals!", knurrte der Kranke.

„Ich weiß. Darum ist es wohl kein Versäumnis, wenn ich Ihnen nicht für die Hilfe gedankt habe, nur Ihren Eltern. Und kürzlich auch Ihrem Enkel Paul."

„Dem haben Sie gedankt? Der war damals doch noch gar nicht geboren!"

„Um der Familie zu danken, habe ich ihn beschenkt, mit Geld."

Harald machte große Augen. „Sie waren das?"

Karl nickte. „Ich habe Paul als einen sehr netten und übrigens auch sehr talentierten jungen Mann kennengelernt. So habe ich ihm angeboten, er könne sich an mich wenden, wenn er Hilfe braucht. Besonders nach dem Brand, ich hatte davon gelesen. Dann rief Paul mich an und bat tatsächlich um Hilfe. Aber nicht Geld wollte er. Er bat mich, mit Ihnen zu sprechen. Weil Sie niemanden aus der Familie sehen wollten."

„Sie will ich auch nicht sehen!", sagte Harald böse.

Karl lächelte. „Gut, dann machen Sie die Augen zu! Aber vielleicht wollen Sie mich hören. Und wenn Sie das auch nicht wollen – vielleicht fänden Sie es ganz gut, wenn ich Ihnen zuhörte. Es kann sehr entlasten, wenn man mal jemandem alles erzählt, was einen beschäftigt. Und dabei sicher sein kann, dass der nichts weitererzählt. Und einen nicht auslacht oder beschimpft oder was auch immer. Auf mich trifft das zu. Ich schweige über alles, das verspreche ich. Und ich habe nach manchen Irrwegen in meinem Leben auch viel Verständnis."

„Reden macht es nicht besser", brummte Harald trotzig, aber immerhin antwortete er.

„Aber bestimmt nicht schlechter. Also kann es doch nicht schaden, es mal auszuprobieren."

Der Kranke starrte wortlos an die Zimmerdecke.

Sein Besucher fragte unbefangen: „Was ist Ihnen lieber, Herr Born, dass Sie einfach erzählen oder dass ich Fragen stelle?"

Nach einer Weile sagte Harald: „Meinetwegen – fragen Sie!"

Jetzt erst zog sich Karl einen Stuhl heran. „Wenn jemand mit seinem Leben Schluss machen will, ist er ja meistens über irgendetwas verzweifelt. Können Sie mir sagen, worüber Sie verzweifelt waren?"

„Über mich."

„Oh – das ist gut!"

Harald sah ihn überrascht an. „Das finde ich überhaupt nicht gut! Wieso soll das gut sein?"

„Weil man dann etwas ändern kann. Wenn Sie über andere Umstände verzweifelt wären, Armut oder Krankheit zum Beispiel, dann könnten Sie die Ursache wohl kaum beheben. Aber sich selbst kann man – in gewissen Grenzen wenigstens – ändern."

„Kann man nicht! Es geht ja nicht darum, wie ich jetzt bin, jedenfalls nicht nur, sondern wie ich mein ganzes Leben lang war. Und was gewesen ist, ist gewesen. Da ist nichts mehr zu ändern."

„Was war denn in der Vergangenheit so verkehrt?"

Harald schloss die Augen, wartete eine Weile, als müsse er sich besinnen, ob er das sagen sollte, und antwortete dann mit leiser Stimme: „Ich bin ein Versager. Ich habe mit meiner starrsinnigen Haltung meine Familie unter Druck gesetzt. Ich wollte sie für mich passend machen. Aber erfolglos. Im Gegenteil, ich habe sie mir entfremdet. Ich bin sogar am Tod unschuldiger Menschen beteiligt. Nicht nur das – es waren Menschen, die Verwandte hätten werden sollen. Immer habe ich etwas erreichen wollen, das ich für richtig hielt, und bin gescheitert. Das fing schon mit meiner Offizierslaufbahn an. Und es ging bis in die letzten Tage und Wochen."

„Sie meinen das Feuer?"

„Ich wollte verhindern, dass mein Enkel dieses Denkmal für die verschleppten Juden macht. Darum habe ich Leute bestellt, die es zerstören."

Das war Karl neu. Aber er ließ sich keine Überraschung anmerken.

„Aber mein Enkel ist verletzt worden. Und das Denkmal ist nun eindrücklicher als vorher. Wie nennt man einen Menschen, der alles gut machen will, und es gelingt ihm nichts? Und der dabei nicht merkt, dass er total verkehrt ist? Man nennt ihn einen Versager. Genau das bin ich. Bis zuletzt. Ich wollte aus diesem verfluchten, missglückten Leben fliehen. Und selbst das ist nicht gelungen."

„Kleine Zwischenbemerkung: Jesus ist für Versager gekommen und will ihnen zurechthelfen. Und was gewesen ist, ist zwar gewesen, aber er kann es durch seine Vergebung auslöschen. Aber da ich nicht der Krankenhausseelsorger bin, will ich dazu nichts weiter sagen. Es sei denn, Sie fragen mich. Übrigens habe ich diese Wahrheit zum ersten Mal begriffen, als ich hinter Ihrer Scheune am Lagerfeuer saß und Ihr Vater etwas darüber sagte. Hat er zu Ihnen denn nicht davon gesprochen?"

„Und ob! So viel, dass es mir zum Hals heraushing!"

„Das verstehe ich nicht! Wie kann einem denn eine so froh machende Sache zum Hals heraushängen?"

„Wenn man sie nicht glaubt, aber immer wieder vorgesetzt bekommt. Das ist wie ... wie ... Ein Beispiel: Ich aß nie gerne Himmel und Erde, Äpfel und Kartoffeln. Aber meine Eltern aßen es mit Vorliebe. Aber da haben sie Rücksicht auf mich genommen, und ich kriegte etwas anderes. Warum haben sie es mit den geistigen Fragen nicht genauso gemacht?"

„Wenn Sie – nur mal angenommen – am Verhungern gewesen wären, und es gäbe nur Himmel und Erde – würden Sie es dann essen?"

„Wahrscheinlich. Notgedrungen."

„Was Gott anbietet, ist so etwas, das das Leben rettet. Es hebt uns von der Erde in den Himmel."

Pause.

„Aber genug davon! Ich wollte nur eine kleine Zwischenbemerkung machen. Und Ihnen nicht auf den Leib rücken, wie Sie es bei Ihren Eltern damals wohl empfunden haben. Also zurück zu Ihrem Problem als Versager! Sind Sie nicht im Nachhinein froh, dass Sie versagt haben bei Ihrem Versuch, sich das Leben zu nehmen?"

„Nein! Was soll ich noch hier? Alt genug bin ich. Und für die letzten Jahre, die ich sonst vor dem Tod noch hätte, habe ich keine Hoffnung mehr."

„Haben Sie denn eine Hoffnung für nach dem Tod?"

„Nein."

„Sehen Sie, das kann zum Beispiel der Sinn der letzten Jahre sein – die Hoffnung für die Zeit nach dem Tod zu finden. Besser gesagt, die frohe Erwartung auf etwas Wunderschönes, das danach kommt."

„Danach kommt nichts. Wenn ich fünfundachtzig Jahre nicht glauben konnte, dass es da einen Gott gibt, der mich mit offenen Armen empfängt, wie sollte ich es dann jetzt glauben können? Sind die Voraussetzungen für so einen Glauben etwa jetzt besser? Was ist jetzt anders?"

„Anders ist, dass Sie begriffen haben, dass Sie ein Versager sind. Und wie ich schon sagte: Für die hat der Vater im Himmel offene Arme."

Harald schwieg. Er wälzte den Teil seines Körpers, der beweglich war, unruhig hin und her. Dann sagte er: „Sie wollten doch fragen."

„Ja, richtig!“, erwiderte Karl, als fiele ihm das erst jetzt wieder ein. „Fragen. Zum Beispiel: Warum haben Sie, als Sie sich aufhängen wollten, vorher noch die Scheune angezündet?“

Harald antwortete nicht.

„Wollten Sie“, bohrte Karl nach, „sichergehen, dass Sie auch wirklich umkommen? Wenn es mit dem Strick nicht richtig klappte, dann wenigstens durch Feuer?“

Harald schüttelte langsam den Kopf.

„Dann kann ich es mir nur so denken – sagen Sie, ob ich irre oder richtigliege! Ihr Abgang sollte spektakulär sein. Wenn sie schon oft versagt und alles falsch gemacht haben, dann wenigstens richtig falsch! Nur einfach Tod durch den Strang – das passte nicht zu Ihrem Heldenanspruch, den Sie ein Leben lang gepflegt haben. Dann doch lieber ein richtig dramatisches Ende! So ähnlich wie Ihr Führer damals: Wenn er schon verloren hat, dann soll das ganze Volk mit ihm untergehen! War es so?“

Harald sah ihn nur schweigend an. War das die Wahrheit?

Karl setzte nach: „Ein Ende wie ein Verlierer, aber wenigstens ein großartiger Verlierer! Ein erbärmliches Sterben wäre eines Kriegshelden unwürdig, dann doch besser ein dramatisches Sterben! Nicht ein Ausklang des Lebens wie ... wie eine Mondscheinsonate, sondern wie eine Sinfonie von Beethoven: Mit Paukenschlägen und einem gewaltigen Schlussakkord. War es das?“

Es war still im Zimmer wie nach dem Ausklang eines Musikstücks, das man noch in sich nachhallen lässt. In dem Röhrchen, dessen Schlauch in einer Nadel in Haralds Arm endete, fiel lautlos alle paar Augenblicke ein Tropfen.

„Vielleicht“, kam endlich Haralds Antwort.

Eine Schwester trat herein. Sie sagte zu Karl: „Ich denke, unser Patient sollte jetzt ein bisschen Ruhe haben.“

„Da haben Sie sicher recht, Schwester“, gab Karl zur Antwort und stand auf. „Ruhe zum Nachdenken.“

Er stellte den Stuhl wieder an seinen Platz neben dem kleinen Tisch und reichte Harald die Hand. „Gute Besserung! Und leben Sie wohl, Sie Versager!“

Die Schwester blickte erschrocken auf.

Karl sah sie lächelnd an. „Kriegen Sie keinen Schrecken, Schwester! Das ist das Beste, was man einem Menschen sagen kann, wenn er sich selbst erkannt hat.“

Harald lächelte auch ein wenig. „Sollten Sie noch mal in der Nähe sein – schauen Sie dann noch mal rein?“

„Bestimmt!“, versprach Karl Seifert und ging.

31

Ein schwerer Bagger griff nach den verkohlten Balken der verbrannten Scheune und lud sie mit langsamen Bewegungen auf einen Lastwagen. Wie der Arm eines Riesen, fand Leoni. Sie musste von ihrem Fenster aus zusehen, weil ihre Mutter gemeint hatte, es sei gefährlich, auf dem Hof danebenzustehen. Wie das Gebiss eines gewaltigen Drachens packten die stählernen Zähne zu. Und wenn Balkenreste und Steinbrocken auf die Ladefläche polterten, hörte es sich an, als würde der Drache rülpsen.

Auf dem Hof stand Paul. Er musste sich immer noch mit seinen Gehhilfen aufrecht halten. Karl Seifert trat neben ihn.

„Es ist wohl noch viel mehr kaputt, als ich anfangs dachte", sagte Paul zu ihm. „Ich hatte gemeint, wenn wir das Dach neu machen lassen, ist die Sache damit erledigt."

„Es wäre dumm, diese Gelegenheit nicht zu nutzen, gründlich neu zu planen und zu bauen. Die Werkstatt war doch vorher schon zu klein."

„Ja, sicher. Aber was das kostet!"

„Ich habe doch gesagt, ich übernehme das."

„Aber Sie können doch nicht ...!"

„Du!" Sie hatten erst heute Morgen, als Karl angekommen war und sich mit einer Tasse Kaffee gestärkt hatte, beschlossen, „du" zueinander zu sagen. Aber Paul konnte sich nicht so schnell daran gewöhnen.

„Entschuldigung! Aber du kannst doch nicht einfach alles ... ich meine, wir sind doch fremde Leute für dich!"

„Nicht mehr. Inzwischen kennen wir uns doch schon ganz gut."

„So meine ich das nicht. Sicher kennen wir uns. Aber wir sind nicht deine Kinder."

„Aber so etwas Ähnliches. So betrachte ich es. Erlaubt mir, dass ich es so sehe!"

„Ich erlaube dir alles, was du willst. Aber unheimlich ist mir dabei schon. Das musst du mir erlauben! Einen ganzen Bau abreißen und neu errichten ...!"

„Nicht ganz!", korrigierte Karl. „Einige Mauern bleiben stehen. Außerdem bleiben ja nicht alle Kosten bei mir hängen. Wenn ihr den Oldtimer deines Großvaters verkauft, wie er es euch angeboten hat, dann können wir damit schon einen wesentlichen Teil der Kosten decken. Zu dem Zweck hat er ihn ja wohl extra in Sicherheit gebracht, ehe er die Scheune anzündete."

Stefanie rief aus der Haustür: „Paul! Telefon!"

Paul ging ins Haus und ergriff den Hörer, den seine Frau neben das Gerät gelegt hatte. „Born."

„Buchner hier. Guten Morgen! Ich wollte ..."

„Einen Moment bitte, Herr Buchner. Ich muss mal die Tür schließen, sonst verstehe ich nichts."

Schnell war er wieder am Apparat. „Da bin ich wieder. Bei uns wird gerade die verbrannte Scheune abgerissen."

„Wollen Sie sie wieder aufbauen?"

„Ja. Ich brauche doch eine ordentliche Werkstatt."

„Ich wollte Ihnen nur mitteilen, Herr Born, dass es einfach unmöglich ist, in naher Zukunft einen neuen Einweihungstermin zu finden. Irgendeiner von denjenigen, auf deren Anwesenheit ich Wert lege, kann immer nicht. Und dann kommt der Winter, da kann man so etwas auch schlecht im Freien machen. Darum haben wir uns entschlossen, die offizielle Einweihung auf das nächste Frühjahr zu verschieben. Das Denkmal steht ja nun, und jeder kann es sich ansehen. Aber auf eine feierliche Einweihung, auch wenn sie zu spät kommt, wollen wir doch nicht verzichten."

„Ja, das sehe ich ein."

„Der endgültige Termin wird Ihnen dann noch mitgeteilt."

„Ist gut, Herr Buchner. Danke für den Anruf!"

Paul legte auf und ging wieder hinaus.

Der LKW mit dem Bauschutt war inzwischen abgefahren. Bis er leer zurückkommen würde, ordnete der Baggerfahrer mit seinem Gerät schon mal Steinbrocken und Dachziegel auf die eine und verkohlte Stämme auf die andere Seite.

„Die Denkmaleinweihung findet erst im nächsten Frühjahr statt. Vor dem Winter ist kein geeigneter Termin zu finden", berichtete Paul.

„Ich dachte gerade daran, wie gut es ist, dass du das Tagebuch da oben gefunden hast. Es wäre mit verbrannt, und niemand hätte je erfahren, dass es diese Aufzeichnungen gegeben hat. Ein wichtiges Stück eurer Geschichte wäre verloren gewesen."

Paul nickte leicht und murmelte: „Ja, das ist wahr. Ein wichtiges Stück von uns selbst." Aber Karl hörte es nicht wegen des Lärms durch den Bagger.

„Übrigens, das habe ich dir noch nicht erzählt: Gestern hat mein Großvater gebeten, jemand von der Polizei möchte kommen. Der war dann auch da. Er hat mir nichts Genaueres erzählt, aber ich vermute, er hat verraten, wo er die Neonazis aufgetrieben hat."

Stefanie erschien wieder in der Tür. „Paul!" Sie winkte ihm. Ihr Mann ging hin, und Karl folgte.

Als Paul das ernste Gesicht seiner Frau sah, ahnte er Schlimmes.

„Das Krankenhaus hat angerufen. Großvater geht es schlecht. Seit gestern Abend hat er immer mehr abgebaut. Der Arzt nimmt an, dass es zu Ende geht. Wir können kommen, wenn wir uns verabschieden wollen."

Paul zog schnell eine andere Jacke an. „Sollen wir Leoni mitnehmen?"

„Ich weiß nicht ... Verkraftet sie das? Andererseits – er ist ihr Uropa, und vielleicht trauert sie später mehr, wenn sie ihn nicht noch einmal gesehen hat."

„Dann nehmen wir sie mit ins Krankenhaus, gehen aber erst mal allein ins Zimmer. Und von Großvaters Zustand machen wir es abhängig, ob wir sie hereinholen."

„Gut", meinte Stefanie. „Aber kann sie allein auf dem Flur bleiben? Mutter will sicher auch mit hinein."

Karl Seifert, der einiges mitbekommen und den Rest erraten hatte, sagte: „Ich kann mitfahren und auf Leoni aufpassen."

„Ich hätte dich sowieso gebeten, mitzukommen, weil Großvater sagte, er hätte sich gut mit dir unterhalten. Es hätte ihm sehr geholfen. Und wenn er so etwas sagt, hat das einen hohen Wert."

Während Stefanie zu ihrer Schwiegermutter hinüberlief, sagte Karl: „Mit vier Erwachsenen und einem Kind sollten wir am besten mit meinem Auto fahren."

Wenige Minuten später saßen sie im Wagen und fuhren los.

Im Krankenhaus begegnete ihnen der Arzt auf dem Flur.

„Herr und Frau Born, nicht wahr?"

„Ja. Guten Tag, Herr Doktor."

„Die Schwäche, die sich in den letzten Stunden immer deutlicher gezeigt hat, lässt uns befürchten, dass wir mit dem Schlimmsten rechnen müssen. Ihr Vater und Großvater ist fünfundachtzig, da darf man nicht erstaunt sein. Aber es ist nicht das Alter allein. Der Sturz und die Atemnot und die Brüche – das alles kann sein Körper nicht mehr so verkraften. Gehen Sie ruhig hinein! Besser nicht gleich alle auf einmal."

Als sie das Zimmer betraten, hatte Harald schon das Gesicht der Tür zugewandt, als hätte er sie erwartet. Zunächst gingen nur Thea, Paul und Stefanie hinein.

Thea fasste seine Hand, die auf der Bettdecke lag, und sagte: „Es geht dir nicht gut, Vater?"

„Danke, dass ihr ... gekommen seid!“, brachte der Kranke mühsam hervor.

Seine Besucher setzten sich auf Stühle und Bettkante.

„Nun kann ich doch nicht ... nicht mehr an ... der Einweihung des Denkmals ... teilnehmen. Ich ... ich hatte es mir wirklich vorgenommen. Ehlich, Paul!“

„Ich glaube es dir, Großvater. Aber sie ist auf nächstes Frühjahr verschoben worden.“

„Dann bin ich nicht mehr.“

„Das kann keiner wissen“, sagte Thea mit zittriger Stimme.

„Ich weiß es.“

Nach einer Pause: „Reißt ihr die Scheune ab?“

„Wir sind gerade dabei. Es soll eine größere Werkstatt werden.“

„Gut, Paul! Verkaufe meinen Oldtimer. Mit dem Geld kannst du bauen. Ach, ich glaube, das sagte ich schon.“

„Hast du Schmerzen, Großvater?“, fragte Stefanie.

„Nein, mein Kind. Nein, sie ... sie geben mir wohl allerhand Mittel ... gegen Schmerzen. Es ... es ist mir nur schmerzlich, dass ... ich euch verlasse. Vielleicht ... sicher wundert euch das. Weil ich doch selbst versucht habe ... Ist der Junge aus Essen noch da? Ich habe ... vergessen, ihn nach ... seinem Namen zu fragen.“

„Er ist sogar mit ins Krankenhaus gekommen, Vater“, erklärte Thea. „Er wartet mit Leoni auf dem Flur.“

„Kann er ... kann er nicht reinkommen? Ich möchte ... ihm etwas sagen.“

Stefanie holte ihn, und Leoni kam mit.

„Sie brauchen mir Ihren ... Namen nicht zu sagen. Es ... lohnt sich kaum, dass ich ... ihn mir noch für ... wenige Stunden einpräge.“

„Ist auch nicht nötig, Herr Born. Wenn Sie drüben ankommen, grüßen Sie von mir. Dort ist mein Name bekannt.“

„Ich wollte Ihnen nur sagen ... Es war gut, dass ich diese ... diese letzten Tage noch hatte. Ich habe viel nach... nachgedacht nach unserem Gespräch ... Fünfundachtzig Jahre lang hielt ich mich ... immer für einen Helden. Einen Helden. Immer stark, immer ... überzeugt von mir selbst. Jetzt habe ich versagt, jetzt bin ich schwach ... jetzt kann ich mich ... fallen lassen ... in Gottes Hand."

Niemand sprach, nur Thea drückte seine Hand fester.

„Ach, Leoni, mein Kind ... du bist auch da. Ich freue mich, dass es weiter eine Born gibt."

Stefanie zeigte auf ihren Bauch. „Es gibt noch mehr davon, Großvater. Da wächst gerade einer oder eine heran."

Harald lächelte sie an.

Nachdem er eine Weile keuchend durchgeatmet hatte, begann er noch einmal: „Nun kann ich leider ... doch nicht mehr ... das Tagebuch lesen."

„Es ist gut so, Großvater", sagte Paul. „Lass die Vergangenheit ruhen!"

Der Arzt kam herein. „Sie sollten jetzt unseren Patienten allein lassen. Es strengt ihn an."

Alle verabschiedeten sich ohne viele Worte, die meisten mit einem Kuss und Tränen in den Augen. Auch Leoni gab ihm einen Kuss auf die stachelige Backe, ohne so richtig zu begreifen, was vorging.

Als sie sich an der Tür noch einmal umdrehten und ihn anlächelten, sagte der Kranke noch: „Ach, du, Junge aus Essen!"

Karl kam noch einmal herein.

„Ich wollte noch sagen: Ein ... ein Schluss wie eine Mond... Mondscheinsonate ... ist besser als ein Schluss wie ... eine Eroika. Kein Paukenschlag. Und das ist gut so. Ich freue mich darauf."

Karl lächelte nur, denn jedes Wort wäre hier überflüssig gewesen.

Sie mussten eine Weile auf den Aufzug warten. Als sie unten in den Eingangsbereich kamen und eben das Krankenhaus verlassen wollten, rief sie der Pförtner an, das Telefon am Ohr: „Hallo! Sind Sie Familie Born?"

„Ja."

„Sie möchten bitte noch mal auf die Station kommen."

Paul sah Stefanie an und dann seine Mutter. Sie nickten. Sie ahnten, welche Botschaft sie erwartete.

Nachwort

Personen und Handlung dieser Erzählung sind weitgehend erfunden. Einige Elemente aber sind tatsächlich geschehen, und zwar in der Familie meiner Frau. Sie hat als kleines Kind miterlebt, wie ihre Großeltern ein jüdisches Ehepaar auf dem Heuboden versteckten. Was aus ihnen geworden ist, kann man nur ahnen. Entgegen allen Warnungen verließen sie ihr Versteck, um noch etwas aus ihrem Haus im Nachbarort zu holen, und kehrten nicht zurück.

Auch die Begegnung mit den holländischen Zwangsarbeitern einschließlich des kranken jungen Mannes ist ähnlich geschehen. Und Pfarrer Wilhelm Busch kam nach dem Krieg tatsächlich mit einigen Jungen aus Essen, die sich einmal satt essen sollten. Meine Frau hat als kleines Mädchen manchmal mit an ihrem abendlichen Lagerfeuer gesessen.

Aus zwei Gründen habe ich diese Erlebnisse in diesen Roman hinein verwoben. Einmal geben sie einer Geschichte gerade im Bereich menschlicher Grenzerfahrungen Authentizität. Und dann ist dies eine Gelegenheit, den Großeltern meiner Frau (die Oma habe ich noch selbst kennengelernt) und ihrem Handeln aus christlicher Motivation eine Art Denkmal zu setzen.

Eckart zur Nieden